새 NEW 대통령

새대통령

NEW

윤태경 지음

생각나눔

차
례

NEW PRESIDENT

새 대통령

(원명: 멋진 대통령)

나의 인생, 나의 철학, 나의 비전

다음 대통령은 남들에게 없는 카리스마 것을 가져야 하며,

다음 대통령은 남들이 생각할 수 없는 비전 미래가 있어야 하며,

다음 대통령은 후손의 행복을 위해 목숨 바칠 각오가 되어 있어야 한다.

나폴레옹은 "대통령 리더는 희망을 파는 상인이다."라고 했다.

다음 대통령은 나라의 안녕과 후손 삶을 위해 미래 세상을 보는 광학적 눈과,

명료한 영감으로 3차원 판단력을 지닌 '생이지지' 천재 두뇌

를 가져야 한다.

고속도로를 최고 속도로 달리다가 갑자기 자동차 브레이크가 파열될 때, 본능적으로 자동차의 핸들을 옆쪽으로 꺾는 사람은 대통령의 자격이 없다.

잣대로 잰듯이 반듯하게 앞차의 범퍼를 받아서 참사를 최소화할 0.01초 앞을 준비한 사람이 나라를 구해낼 수 있을 것이다.

말로는 남쪽 하늘에 은하수 방석도 만들겠지만, 대학 나온 학습 두뇌와 학습 응용력으로는 새 나라, 새 역사를 만들 수 없다.

피스(Peace)는 상호 간 무력 충돌 없는 평화이며,

프리덤(Freedom)은 인간의 자유로운 권리이다.

서로 싸우지 않고 나라와 국민을 자유롭고 평화롭게 하는 대통령이 진정한 희망을 파는 상인이 아닐까 싶다.

주변국들의 결사반대에도, 사드 레이더가 마치 우리 국가 안보에 만병 통치약인 것처럼 광고하는 박근혜 정부의 국방 정책에는 문제가 있다.

후손 세대까지 멀리 봤을 때, 도널드 트럼프의 정책이 당장

한미 상호간 파트너십에 불가피한 의견 대립을 가져와 국익에 손해가 올지 모르나, 그로 인해서 우리 국민들의 안보 의식이 무장화될 것이고 38선, DMZ에 새로운 환경이 조성될 것이다.

핵무기 앞에서도 지지 않는, 강철 심장을 가진 카리스마 대통령을 만나서 한반도에 평화 오로라를 만들어 내야 한다.

제33대 미국 대통령인 해리 트루먼(Harry S. Truman) 씨가 우리 한국을 지켜준 것에는 고개 숙여 감사하지만, 반세기가 지난 지금의 우리 국격과 품위를 감안할 때. 우리의 안보를 미국에 기대는 것은 바른 정책이 아니다.

구국 박정희 전 대통령은 1964년, 6·25전쟁의 폐허로 국민 절반이 가난으로 죽어가던 그때, 경제부흥에 필요한 차관을 얻기 위해 서독에 갈 노스웨스트 비행기를 전세 계약하기로 되어 있었다.

그러나 미국에서 쿠데타 집권을 이유 삼아 취소되고, 대신 독일에서 보내온 보잉 707기를 타고 홍콩, 방콕, 뉴델리, 카이로, 로마를 경유하여 장장 28시간이 걸려서 서독 땅을 밟았다. 이는 오직 가난한 조국을 후손들에 대물림 않기 위해 역사적 과업을 수행한 것이다.

우리는 대국도 아니고, 무기 공룡 국가도 아닌데, 이웃 나라 중국과 러시아의 반대에도 사드 레이더 기지화를 고집하는 것은 일촉즉발의 화약고를 우리 스스로 만들고 있는 것 같아 매우 안타깝다.

미워도, 싫어도 북한에 핵무기를 인정하고 중국과 러시아를 껴안아서, 남북한 공동 안보 체제를 구축해나가는 신 안보 협상만이 우리 후손들이 행복하게 살아갈 정석 정책이 될 것이다.

한 나라의 대통령은 국방을 수호하고, 거짓말하는 국민을 제거하고 선량한 국민을 보호할 의무가 있다.

나는 경상북도 청송군 부동면 내룡리에서 태어났다. 딸 여섯 집에 아들을 낳기 위해 어머니가 병든 몸에 누워서 가마 타고 30리를 가서 주왕께 빌어 늦둥이인 나를 낳았다. 즉, 주왕산(周王山) 정기를 받고 1945년 4월 15일 태어난 해방둥이며 푸른 소나무가 우거진 청송 두메산골에서 윤태경으로 태어나 아랫동네 내룡국민학교를 졸업했으며, 그 후 책 한 권 읽은 적 없이 1969년 군 제대 후에 먹고 살기 위해 미국으로 건너가 현재 이름은 윤 웰리스(Yun Wallis)가 되었다.

그리고 나의 직계 가족은 미국 서부에 두 딸(유미, 유실;

Yumie-Kathy)이 있으며 싱글 아버지이다.

인터넷에 한국 이름 윤태경을 쳤더니 '무작정 당신이 좋아-윤태경'이라고 나오더라. 그리고 아래로 쭉 클릭 해보니 '알다가도 모를 당신-윤태경'이라고 하더라.

무전유죄, 부패속박, 빈부차별 다 잊고 세속을 떠나 파도소리 철썩이는 망망한 섬에 가서 문명을 불편으로 알고 자연과 유유자적하며 꿈속처럼 살다가 여생을 마치고 싶지만, 하늘이 나에게 내린 소명(학생 도시, 한류 문화수도와 동서운하 등)을 거절하면 역사에 패륜아가 될 것 같아 이 자리에 섰다.

만나야 할 인연은 언제고 만나게 된다지 않았나?

나는 미국에서 45년 살면서 한시라도 조국과 조국민을 잊은 적이 없다. 그래서 오늘 국민 형님, 국민 누이, 국민 아우들을 만나게 된 것이다.

모과 열매는 인간을 3번 놀라게 한단다.

첫째: 못생겨서 놀라고,

둘째: 향기에 놀라고,

셋째: 그 맛에 놀란다고 한다.

나, 윤태경은 가방끈이 없어서 지식적 화법도 모르고 남을 속이는 것도, 거짓말하는 것도 못 배웠으며 인성, 사회성, 판단력, 국가관까지 자력으로 터득한 초졸(국졸) 천민 노동자이다.

그러나 내가 만약, 국민의 대표 리더가 되면 조국 대한민국을 창조, 변화, 번영으로 3번 놀라게 할 것이다.

붉은색 바탕 중앙에 하얀 별 하나 달랑 있는 나라가 베트남 공화국이다. 1960~70년대 베트남의 전쟁 소용돌이 속에는 붉은 명장이 있었으며, 그의 이름은 보응우옌잡 장군이다.

그의 전략적 명언들을 소개하자면 이렇다.

나는 적군이 좋아하는 시간에 싸우지 않는다.

나는 적군이 유리한 장소에서 싸우지 않는다.

나는 적군이 생각 못 하는 방법으로 싸울 것이다.

나라를 발전시키려면 남들이 생각할 수 없는 명전략이 있어야 한다.

1968년 1월 29~30~31일, 보응우옌잡 장군의 명령으로 구정 대명절에 총공세를 시작했으며, 이것이 미국사회에 반전운동 도화선이 되어서 미군철수의 시작을 이끌어냈고, 그 후 월맹 사회주의는 전쟁 종식과 함께 지금의 평화 베트남이 되었다.

나는 보응우옌잡 장군처럼 전쟁 화신도 아니고 특별한 기술을 가진 것도 아니며, 1968년도 베트남 전선에서는 졸병 용사 한 사람이었다.

제아무리 사납게 짖어대는 강아지일지라도 주인은 알아본다고 했다. 후손들의 행복을 위해 나라를 바꿔 놓을 비전과 철학을 가진 의인 지도자를 알아보지 못하는 국민은 참 불행한 국민이다.

나에게 5년만 나라 맡겨보라! 후손들을 행복하게 할 자신 있다.

나, 윤태경은 오래전부터 틈틈이 준비해온 자전 에세이 책 한 권을 이슈화하여 나의 인지도를 높여서, 조국 대한민국에 대통령이 되면 국민을 경애하고 후손들이 행복할 학생 문화수도를 건설하여, 다음 세대들에게 희망을 안겨주는 선조가 되는 것이 꿈이다

새로운 시각의 학생 도시와 동~서 운하, 그리고 문화수도를 건설하려면 힘이 필요하여 팔자에 없는 대통령을 하려고 한다.

나, 윤태경은 5천만 인구에 바람 잘 날 없는 이 나라 대통령은 솔직히 하기 싫다. 그러나 잘못 가고 있는 우리 사회를 바꾸기 위해 누군가는 총대를 메야 하며, 그 혁신 총대 멜 큰 혜안(큰 비전 아이디어) 가진 인물이 이 땅에 없어서 고심에

고심을 한 끝에 학벌과 인물로 나라 운영하는 것이 아니라는 판단에 하찮은 초졸자(국졸)인 나, 윤태경이 이 자리에 서게 된 것이다.

나의 두뇌 속에는 남북한 국방안보를 통합할 비법이 있다. 남북 수뇌부가 한자리에 만나서 한반도의 국방안보 통합을 이뤄낸다면 남북 양 국민이 원하는 것은 다 얻을 수 있을 것이다.

나, 윤태경이 바라는 것은 이원집정부제(二元執政府制)와 비슷한 외무·내무, 즉 두 총리가 내각과 외무를 이끌어가는 정부운영 제도다.

지금 정치판에서는 개헌 바람이 불고 있다. 만약 4년 중임제 개헌이 확정되더라도 나는 4년 이상은 대통령직을 원하지 않는다. 혹시 청송남아 윤태경이 2017년 12월, 대한민국 대통령이 된다면 두 총리와 내각을 임명하고 나라 안 국정을 관리 감독하면서 후손 행복을 위해 물려줄 큰 그림만 기획할 것이다.

노무현 씨는 사람을 알려면 그의 친구를 보라고 했는데, 나는 학연, 지연, 친구 한 명도 없으며 훌륭한 전략가나 스승, 인맥도 없다. 그래서 후손들의 행복 밑그림을 함께 그려낼 내무·외무 두 총리 체제가 필요하며 내무총리 후보로 손잡고 싶은 분은 김영환 의원이다.

김영환 의원은 김대중 정부 때 과학부 장관을 지낸 수재로, 잔머리 회전 안 하는 정치인이며 이너 서클 구성원의 책임자로 모시고 싶은 분이다.

외무총리(외국순방, 외빈접대 전용) 후보로는 새누리당의 김정재 씨(우리말과 영어 대화와 읽고 쓰는 데 완벽해야 함)가 후보 물망에 올라있다.

그리고 역사의 심판을 받아야 할 지금의 청와대를 대통령 집무실로 쓰기에는 불충분하며, 충북 청주시 청남대로 청와대를 옮겨서 새 이름 '대통령궁'으로 개명하고 구 청와대는 나중에 외무총리 집무실로 사용이 할 것이다.

구 서울 수도는 외무총리가 맡고, 세종시 행정 수도는 내무총리가 맡고, 청주시 수도는 대통령이 지켜야 한다고 본다.

또, 여성가족부를 '여성우월부'로 개칭하여 여성이 우대받는 시대를 열 것이다.

갓난아기 때부터 여성 먼저, 여성에게 양보하는 신사 미덕 교육을 한다면, 100~200년 후에는 국민 전체가 여성우월 국민성으로 바뀔 것이다.

문화체육관광부 장관 후보에 현대 가문 현정은 씨(본인들이 고사하지 않는 한)를 임명해서 남북한 전역에 문화, 예술, 관광, 산업 확대로 관광 문화의 큰 변화를 생각하고 있다. 그리고 국가정보원장 후보로 TV조선 장성민 씨를 고려하고 있고, 외교부 장관 후보로는 미국 실리콘밸리의 김종훈 씨를 생각하고 있다.

나, 윤태경이 2017년에 대통령이 되면 이렇게 할 것이다.

첫 번째: 대학교 절반, 자가용차 절반, 국외 여행자 30~40% 까지 줄여서 국고 낭비를 최소화할 것이며, 국민성을 바꾸고 저학력사회를 구축하여 선진 복지 나라를 세울 것이다.

대학교 많다고 대학생 많다고 선진 국민성 만들어주지 않는다.
좋은 교육과 좋은 문화 속에서 좋은 국민성은 생산될 것이다.

두 번째: 청와대를 청남대로 옮기겠다.

내자 로터리 쪽으로 100~200미터만 청와대가 나와 있었더라면 하는 아쉬움이 남는다.

지금 청와대 자리에 고급 아파트를 지어 팔면 강남지역 최고가 아파트 그 이상으로 환대받을 것이다. 그리고 충북 청주시에 있는 56만 평, 청남대 부지 안에 새 대통령궁(宮)과 국회 의사당을 건설하고 청원군 오창리 소재한 청주 국제공항과 대구공항 등 내륙에 있는 공항들은 모두 폐쇄 조치할 것이다.

삼면이 바다인 우리 영토 지형에 내륙공항 설계로는 안 된다.

무식한 정부의 선심 행정은 여기에서 종지부 찍어야 한다.

더 이상 육지에 신공항 건설 같은 바보 행정은 없어야 한다.

지금 우리 국가에 내륙공항 건설과 제왕적 권력을 소유한 대통령이 필요한 것도 아니고 새 희망, 새 산소를 불어 넣어 줄 새 비전 DNA 대통령이 필요한 것이다. 나라의 보물, 보석은 빨리 찾아낼수록 좋다. 역사는 조상의 얼굴이며 우리들의 얼굴이다.

좋은 역사 건설은 국민대표인 대통령이 디딤돌을 놓아주어야 하며 후손 삶을 위한 실용적 문화 창제 역시 대통령이 그려내야 할 것이다.

세 번째: 물 위에 철교 쇼핑몰을 세울 것이다

약 20~30년 전부터 구상해온 '코리아 상징성 몰'을 그려 낼 것이다.

서울~한강, 진주~남강, 대구~수성호수, 부산 영도~자갈치시장 구간 등 4곳에 철교 브리지, 면세 쇼핑몰 즉, 물 위에 랜드마크를 세울 것이다.

전라도든, 충청도든 도심 속에 강폭 넓이 200미터와 양쪽 200대 주차 가능하면 어디든 면세 철교 백화점을 건설해서, 물 위에서 아침 식사와 모닝커피를 마시면서 문화 예술을 즐길 수 있는 '철교 라운지'를 건설할 것이다.

네 번째: 포항~군산 간. 동서운하를 건설할 것이다.

동서운하란, 포항에서 시작하여 영천, 대구 외관 '김천 코리아 요요'를 거쳐서, 무주 진안 전주 군산을 개통하는 '인공 운하', 즉 바닷물 길을 말한다.

이집트 수에즈운하, 파나마운하, 터키 다르나 빌스 등 많은 해협 수로가 개통되어 물류 이동으로 국익을 창출하고 있다.

운하 건설을 개통할 경우에 영천, 대구, 성주, 김천, 논산 등 중남부 내륙 지방의 여름 기온을 2~3도 정도 낮출 수 있을 것이다.

동서운하 건설에는 천문학적 재정이 필요한 반면, 건설 후에는 천문학적 돈이 굴러들어 오는 황금 관광 자원이 될 것이다.

중국인들이 지난 한 해에 해외 관광으로 지출한 돈이 약 20조 원이다.

다음 100년 후에 급격히 늘어날 관광 여행 인구를 생각해서 동서운하를 건설하고, 그 주변에 뉴 스테이 홈 100만 채를 건설하여 1억 명 관광 인구의 유치 숙박할 만전의 준비를 지금부터 해야 할 것이다.

그리고 북한 정부를 얼라(갓난아이) 달래듯 하여 국방안보와 경제 개발과 관광 여행 등 산업 전반에 대해 북한과 공동 성장할 수 있게 창의 개발이 필요하다.

공산품 수출만이 나라의 성장 동력이 아니다.

과학성, 독창성 있는 교육, 문화, 예술은 진열대 안에 디스플레이만 잘해놓으면 저절로 돈이 들어오는 '노다지' 산업이다.

태국 푸켓에 비치 아오낭 해변과 맥시코의 '칸쿤 해변', 그리고 베트남의 '하롱베이' 중국 구이저우 성의 '마령하' 협곡, '거투하 천동'과, 미국의 그랜드캐니언, 요세미티, 옐로스톤과 마이

애미 '사우스 비치' 등은 하늘이 내린 신비로운 자연 천국이다.

우리 국가에 하늘이 내린 자연 풍광으로는 제주도가 있다.

제주특별자치도에 곶자왈 도립공원 속 하나를 소개하자면, 약 1.5km 산 둘레에 용암이 흐르다가 굳어져서 둘레길이 형성되었는데, 태고의 신비 속으로 온 것 같이 허파 안으로 산소가 마셔지는 느낌이다.

숯굳빌레 길, 가시낭 길, 테우리 길, 오찬이궤 토굴 등과 형형색색 자연 버섯들을 보고 있노라면, 몸속에 병들이 저절로 치유될 것이다.

포항~군산 간 300리 길에 인공 운하 건설비용은 대략 50조 원 정도가 들 것으로 추측한다.

운하 중간에 인공 폭포까지 건설되면 수상 택시들이 바다를 누비며 관광 여행 투어객을 서빙하게 되며, 수십만 개의 새 일자리가 생겨날 것이며, 운하 변을 따라 1백만 가구의 예술 민박 타운을 건설하여 서울, 경기도 인구 500만 명을 중남부로 이주하게 될 것이고, 외국인 관광객 8천~1억 명 시대가 열릴 것이다.

다섯 번째: 김천 지역에 80개 4년제 대학교가 한 곳에 군집

하는 학생 도시, 한류 문화수도를 건설하여 세계 최고의 학문과 문화가 있는 나라를 건설할 것이다.

나라의 변화와 개발의 정답은 '코리아요요' 4년제 80개 대학교 안에 국가 운영과를 신설하여 약 100만 명 학사, 학생 중에서 모범이 되는 인격과 인성, 덕망을 갖춘 대표를 뽑아서 최종 대통령으로 선출하는 즉, 3차원 민선대통령을 선출하는 전문 투명 체계성이 필요하다.

우리 인간은 함께 모여 마을을 형성하고 자유를 누리며 살아가는 군집, 혈통이기 때문에 80개 대학교가 한곳에 모여 있는 학생 공동체 도시를 먼저 구축하고 이것을 우리 교육 문화로 상품화하려고 한다.

인간에게 자유, 그 이상의 가치는 없다. 그러나 자유민주주의를 영구 존속하려면 공동체 안에서 대동 사회를 구축해나가야만 나라가 안정화 되고 이웃 간에 신뢰가 형성될 것이다.

지금 우리나라의 병은 자기와 자기 가족만 잘살겠다는, 이웃 배려심 없는 이기주의 사고에서 나타난다.

일본과 이스라엘과 스칸디나비아 반도 나라들은 비교적 공동체 형성과 저학력 정신이 잘 갖춰져 있다. 그들 국가들은 정부를 전폭 신뢰하기 때문에 행복 지수가 최고로 높은 이유다.

그런데 우리 대한민국의 학사정부는 오락가락, 대졸 속임수 행정을 믿지 못하기 때문에 미래를 불안케 하며 한탕주의가 만연하다.

부모 형제도 믿지 못하며 가짜가 온 누리에서 판을 치는 대한민국에 믿을 것은 공무원과 순도 99.99% 황금 골드 바뿐이다.

이 때문에 공시생(공무원 준비생) 25만 명이 아우성치고 있다.

우리 국민의 미래 불안 감정을 잠재우려면 '코리아요요' 교육문화 공동체를 건설해서 새로운 직업, 새 일자리 수십만~수백만 개를 창출해내야 한다.

학생, 한류 문화수도가 완공되면 '특수 문화 공무원 제도'를 신설하여 문화수도 몰 안에 고정 배치할 것이다.

문화 공무원의 자격은 2개국 언어 구사 능력과 풍습을 해독하고(문화경찰, 전철 승무원 포함) 특수 문화 서비스훈련을 받아야 하는 것으로 둘 것이다.

문화 공무원이 일반 공무원으로 이직할 수는 있지만, 일반 공무원이 문화 공무원으로 승격 이직할 수 없게 특별급료, 특별혜택, 특별훈련, 특별복장, 특별채용을 하며 학생 문화수도

관내에서만 근무하게 될 것이다.

　다음 세기의 파도처럼 밀려올 관광 인파를 대비하여 지금부터 우리 일상 생활권 안에 있는 대학 공동체 문화의 자연 색채 그대로를 외국인들에게 관광 예술 상품으로 보여 주려고 코리아요요 학생 문화수도를 건설하려고 한다.

　전국 4년제 80개 대학의 젊은 청춘들이 옹기종기 모여 공부하며 웃고 떠들고 활동하는 우리 문화, 예술. 이것을 우리 관광 상품으로 자원화할 것이다.

　때문에 '학생 한류 문화수도' 이름을 세계인들이 부르기 쉽고 기억하기 쉬운 영어 이름 '코리아요요(Korea-yoyo)'라고 작명했다.

　후손 세대들의 행복을 위해서는 선조들의 큰 생각, 큰 투자를 해야 한다.

　도전은 꿈이고 모험이며 변화의 아름다움이다.

　도전을 무서워하면 평생 마구간 삶에 머무를 수밖에 없다.

　80개 대학교가 한곳에 유치하려면 학교재단 반대, 환경단체 반대, 지역주민 반대, 상인들 반대, 하숙집 반대, 음식 유흥업소 반대, 또 반대가 불을 보듯 뻔하지만, 다음 후손 세대를 위해 선조인 우리 기성세대가 큰 생각, 희생을 유산해야 한다.

우리 국민의 DNA는 세계 어느 민족보다도 우수하다.

그런데 우리 사회에 부조리와 불안전이 만연한 것은 무능한 교육과 무능한 대통령의 무능한 정부운영 때문이다.

부모로부터 배우는 혈통 교육과 학교에서 배우는 수직 교육이 부족할 때는 사회에서 배우는 학습 지식이라도 있어야 하는데, 지금 우리 사회가 가르쳐주는 것은 속임수와 부정비리, 거짓말, 유행, 차별, 썩은 학벌, 빈부 격차뿐이다.

경상북도 성주군은 코리아요요, 학생 한류 문화수도(김천) 예정 부지에서 가장 가까운 이웃이다.

이런 청정 마을에 성주군이 '사드 레이더' 군사 기지화가 되는 것은 반대한다.

한 해 외국인 관광객 8천~1억명(연간 유커 2~3천만 명)이 한국에 와서 1인 1천 달러씩 소비한다고 치면, 코리아요요 입장료를 포함하면 엄청난 관광 수입을 얻게 될것이다.

백 번, 천 번, 1억만 번을 생각해봐도 김해 내륙공항 확장안은 잘못됐다.

외국인 관광객 하루 30~40만 명을 유치하고 미래 500년 후손을 위해서는 부산 가덕도 신공항을 건설하여 24시간 이착륙이 가능케 하는 것이 정답일 것이다.

'코리아요요 학생, 한류 문화수도'는 세계문화 대륙의 중심으로 자리매김하여 천 년 우리 후손들의 행복한 삶과 빵이 될 것이다.

문화수도 안에 세워질 건축물 들은 제주도 에어레스트 시티 건물 벽체에 사용된 포스맥을 이용하여 수리 파손을 막고, 겨울 3개월의 혹독한 추위와 습한 기후 환경에 대비해서 아연 도금 강판, 알루미늄 도금 같은 녹슬지 않는 철강 자재 등을 이용하는 최신 건축 공법을 쓸 것이다.

방 한 칸을 짓더라도 남들이 쉽게 모방할 수 없게 영구적, 과학적, 견고한 건축기술 도입이 필요하다.

우리 국가 5천만 명 인구의 일 년 치 나라 살림을 380조 원 (3,800억 달러)로 보고, 미화 800~1,000억 달러면, 학생 도시 안에 1백만 대학생들이 공짜 책과 공짜노트 무상 교육으로 대학까지 졸업할 수 있을 것이다(중동의 산유 국가들처럼).

투자 없는 복지국은 없으며 비전(아이디어) 없는 미래는 없다고 나, 윤태경은 힘주어 말하고 싶다.

2050년대부터는 인공지능에 밀려서 일자리 80%가 사라진다는데, 후손을 위한 천 년 정책의 국책 공사를 지금부터 굴착을 시작해야 한다.

우리나라의 초등학교 무상 교육이 1959년도부터 시행되었다고 하니까, 2050년대부터는 대학 무상 교육 시대가 꼭 와야 한다.

1일 관광객 3~40만 명을 유치하려면, 제주 관광 자치도와 코리아요요 한류 문화수도 간에 관광 네트워크를 형성하고 포항~군산 간 운하 뱃길을 열고 그 운하 변을 따라 뉴 스테이 백만 동을 지어서 1억 명 관광객이 찾을 때까지 서민들의 임시 거주용으로 사용토록 해야 하며, 서울 수도 건설에만 집착하는 지금의 나라 설계를 전면적으로 바꿔야 한다.

여섯 번째: 동서운하 건설과 코리아요요 문화수도의 합계 건설비용은 어림잡아 150조 원 정도가 필요할 것으로 보고 있다.

이렇게 큰돈을 어디서 어떻게 마련할 것인가?

나, 윤태경은 날강도 대통령이란 소리를 들을 각오가 되어있다. 부자들의 돈을 빼앗아서 후손 행복을 위해 학생 한류 문화수도를 건설할 것이다.

대통령 임기가 끝나는 날부터 감옥소 안에서 마음 편히 죽을 것이다.

하여, 기업들의 메세나(Mecenat) 기부 형식으로 학생 수도 건설비용 100조 원과 포항~군산 간 운하 건설비용 50조 원, 총 150조 원의 재정을 마련할 것이다.

나는 오늘 현재까지도 오래 살았다.

민주주의 나라에서 순수 자발적인 기부로는 백 년, 천 년이 걸려도 거금 150조 원은 모금할 수 없을 것이다

부득이하게 강압적 기부 모금 방식이 동원될 것임을 국민께 미리 알린다.

자유민주국가라면 지위고하를 막론하고 기부 돈을 강압이나 강요할 수 없다.

그러나 불법적인 수단을 동원했더라도 후손 행복을 위한 지도자의 사욕 없는 진정성(한강의 기적처럼)이 담겨 있다면, 후손 역사는 아름답게 평가해줄 것으로 믿는다.

강제성 기부 모금 방법을 동원한다고 정경 유착으로 매도하거나 자유시장 경제 질서를 해친다고는 생각지 않는다.

기부를 모금 받아서 개인 주머니 속에 착복하면 참수 형벌 당하겠지만, 그 모금을 자본으로 하여 후손 행복에 필요한 나라 사업을 시작하고 일자리 창출로 실직자를 줄이고 교육, 문화, 발전과 역사에 혁혁하게 공헌하고 국위선양에 기여한다면 좋은 선례로 남을 것이다.

그리고 국민이 낸 세수 150조 원(1,500억 달러)을 문화건설에 사용해 버리면 군인, 경찰, 일반 공무원들의 월급도 못 주고 노인들은 의료 혜택도 못 받고 국민 다 굶어 죽는다.

나라 문 닫을 판에 정부와 대통령과 문화건설이 왜 필요하겠나…?

중국과 러시아는 언론과 사기업을 행정부가 통제, 간섭하면서도 그들 나름대로 전 세계로부터 신뢰받고 있다.

국가의 안위와 발전이 먼저이며 그다음에 민주주의, 국민 자유가 있는 것이 순서일 것이다.

경기도 부천 북부역 사거리 코너에 스마트 폰 장사치들이 사람 다니는 인도에 스피커 확성기 틀어놓고 상표 간판으로 길 막아 놓고 나라 개판은 다 치고 있다.

새 대통령이 개판 치는 가계 안에 똥물 퍼부어서 나라에 질서 바로잡아야 선진국이 된다.

나라 예산을 매년 40~50조 원씩을 국책 사업에 투자해도 민생에 지장을 초래하지 않는다는 보장만 되면 굳이 기업들에게까지 강제 모금할 필요가 없을 것이다.

기부는 역사도 바꿔 놓는 무서운 힘을 가지고 있다.

미국 동부에 명문 사립인 하버드 대학교의 유례는 책 300

권을 기부한 잔 하버드란 기부자의 이름을 따서 생겨났다고
한다.

　모금 수단과 방법은 대략 이렇다.

　우선 화폐 아이디어로 20조 원 정도는 벌어들일 것이고(화
폐 개혁은 아니지만 보안상 세부설명 생략), 재벌총수들의 미
성년자 주식 보유 5조 원 몰수와 종교계에서 약 10조 원 이
상으로 생각하며, 구여권을 무효화 하고 새 전자 여권으로 교
환 시 1인 100만 원(1,000달러)을 내야 교환할 수 있게 할 것
이다.

　특히 일본 여행자에게는 추가 요금을 징수하고, 기업 오너
일가의 주식 일부 기부는 물론, 사내 유보금의 퍼센트와 기업
오너와 사외 이사들의 1년 치 급여를 의무 기부해야 할 것이
며 금융장, 간부, 주식보유자 등 오천 개 기업의 분기별 이익
금, 연 수입 5억 원 이상 변호사, 고액예금주, 연예인, 연예기
획사, 가수, TV 진행자, 영화인, 예술인, 개그계, 군 장성, 앵
커, 은행 간부, 법관, 검사, 의사, 약사, 교수, 공직자, 국회의
원, 기관장, 직원, 간부 등과 일반인 재산 보유자 300~500
만 명 등에게서도 총 100조 원 이상을 강압 모금할 것이다

(삼성, 현대기업의 경우, 1조 원씩은 기부해야 하며 TV 진행자와 명배우, 가수, 연예기획사도 최소 20억에서 50억 정도는 기부 준비를 해놓아야 할 것이다).

부자 돈을 강탈해서 창조 문화를 건설하여 우수 100만 대학생을 공짜로 교육시키겠다는 것이다.

1970~80년대 우리 한국 역사에 많은 변화가 있었지만 2020년에는 천지개벽 수준의 대변화가 우리 한반도에 찾아올 것으로 나는 믿어 의심치 않는다.

'Koreayoyo.com'의 브랜드화를 위해 인터넷 온라인 종합 쇼핑몰 창업과 요요버거 식품 사업을 정부 차원에서 구상할 것이다. 뉴욕 쉑쉑버거 강남점 개장 오픈에 한국 젊은이들이 장사진을 이루었다고 한다.

대한민국이 선진국이 되려면 올드 보수들의 지글지글 찌개 보양 식성을 쓰레기통에 버리고 우리 기술로 맛있는 신세대 음식 요요버거와 우리 항공 기내식으로 세계인들의 입맛을 사로잡을 새-음식 메뉴를 개발해야 한다.

홍콩의 마약 국수 같은(2시간 줄 서서 기다리는) 맛있고 질 좋고 가격 경쟁할 미래 식품, 달나라 메뉴 브랜드 개발을 준비해야 한다.

본인은 한국에서 태어났지만 맥도날드, 버거킹, 켄터키 치킨을 미치도록 좋아한다. 그러나 그것은 일반인일 때 얘기고, 대통령 신분이 되면 외국 식품을 맛있게 먹는 것은 국산품 애용 정신에 배치되기 때문에 먹지 않을 것이다.

1979년도에 롯데리아가 창업하였으며 지난해 총매출은 1조 원이 넘었고, 그 롯데리아 스토어가 책임지고 있는 생계 가족 수가 수만 명이다.

반찬 많고 조리법 어려운 한국 전통 음식을 세계시장에 마케팅하려는 것은 암흑 행정이다.

고령화는 해마다 심화되는데, 우리 문화관광은 해마다 적자로 후퇴하고 있다.

교육, 문화, 관광, 예술 산업은 후손들의 자산이다

나, 청송남아 무식꾼이 아웃사이더 대통령이 되어서 다음 대통령들에게 우리 문화 보석 바톤(Baton)을 이어갈 수 있게 지상 최고의 예술 관광 나라를 그려낼 것이다.

남아시아 열대 섬나라인 스리랑카는 인구 2천만 명 정도며 전 국토 90%에 원석 사파이어 진주 보석이 생산되는 나라지만, 후손을 위하는 선조들의 희생정신이 없었기 때문에 아시아의 초 빈곤국에서 헤어나지 못하고 있다.

고대 문화 유적으로 잘 알려진 이집트와 그리스는 피라미드, 신화적 유적으로 유명하다.

그리고 미얀마의 불교 황금 사원과 캄보디아 앙코르와트, 인도네시아 보로부두르, 인도의 암리차르 등은 누구도 따라 할 수 없는 그들의 주권 문화이며 민족적 주체이다.

좋은 두뇌와 착한 국민성을 가진 우리 대한민국에는 국민이 뽑은 대통령이 있고, 350개 대학이 있는 세계 경제 12위 나라다.

그런데 국보 1호 숭례문 하나도 지켜내지 못하며 여성 안전은 빵점이다.

일곱 번째: 여성은 인류 탄생에 공헌한 최고의 가치이며 보물이다.

허영심 많은 까마귀가 화려한 공작새의 깃털을 주워서 자기 털에 꽂았다는 이솝 우화는 여성을 바람 부는 갈대에 비유하고 있다.

남자는 우람하고 입이 무겁고 믿음직스러워야 하지만, 여성은 허영심도 있고 감성 눈물도 있어야 여성의 아름다움일 것이다.

감성 지수가 높다는 것은 사교성이 높다는 뜻이며 사교성은 곧 포용력이며, 포용력은 리더의 자격과 성공의 장점이다.

아프리카는 여성이 산에 가서 장작 땔감 구해오고 여성이 집을 짓고 아이 양육하고 밥하고 살림한다.

북한은 도둑 무서워서 남편은 방안에서 집 지키고 있고, 여성이 장마당 가서 돈 벌고 아이들 키우고 살림한단다.

이런 막돼먹은 문화 나라는 선진국은커녕 중진국도 될 수 없다.

암컷 대게 24만 마리를 불법 포획한 어부들이 유죄 판결을 받았다.

그 이유를 아직도 모르겠느냐…?

국민의 대표라면 5천만 인구의 생각을 넘어서야 하고, 인구 증산을 외치는 정부라면 여성 안전부터 해결하고 여성을 우상화해야 한다.

* 세계 최고로 예쁜 여성은 한국 여성이다.
* 세계 최고로 멋쟁이 여성은 한국 여성이다.

* 세계 최고로 날씬한 여성은 한국 여성이다.

* 세계 최고로 근면 성실 살림꾼은 한국 여성이다.

* 세계 최고로 진품 진국 여성은 한국 여성이다.

* 강도, 강간, 구타, 가짜 신사들이 판을 치고 있는 우리 사회에 여성들의 따뜻한 입김이 있어서 그나마 이 정도로 나라를 지탱하고 있는 것이다.

여성이 행복한 나라, 여성의 삶이 즐거워야 인구 증산 정책이 성공할 수 있다.

약한 여성을 지켜주는 이 세상 최고의 젠틀맨 나라 만들자!

전 세계 여성들이 오빠 나라에 와보고 싶어 상사병이 나도록 말이다.

여덟 번째: 일본국민은 우리 조상에게 원수이다.

우리 조선을 36년간 속국 지배한 것을 망각한 전범국 일본에 그 대가를 받아내어 선조들의 원한을 풀어주는 것은 나라의 대표라면 당연히 해야 할 책무이다.

1965년 6월 한일 기본조약(한일청구권협정) 때, 박정희 전 대통령이 받은 미화 3억 달러는 한낱 점심값에 불과한 돈이다. 이웃 조선국을 36년간 지배한 대가로 일본인들이 할 수 있는 보상은 다 끝났다는 태도는 우리 선조를 두 번 죽이는 악랄한 치욕이고 굴욕이다.

나. 청송남아가 국민대표가 되면 36년간 우리 조선을 지배한 대가로 아래 5개 항목을 일본에 요구할 것이다.

1. 조선국을 36년간 불법 정복한 대가로 미화 4,000억 달러 돌려줄 것.

2. 대마도(쓰시마)를 원래 주인인 대한민국에 반환할 것.

3. 도쿄박물관에 소장품 100%를 본 주인 한국에 돌려줄 것.

4. 소녀상 테러범 스즈키 노부유키를 한국 법원에 송환·출두시킬 것.

5. 일본 천황 이하 총리 및 전 각료들이 윗옷을 벗은 채 시부야 대로에 무릎 꿇고 조선국 침략에 대해 진심 어린 반성과 사과문을 낭독할 것.

만약 5개 항목을 거부할 때는 기모노 문화를 파괴하고 일본국을 수복시킬 것이다.

일본인은 우리의 국모인 명성황후를 계획 살해(시해)하고, 조선인 여성들을 일본군의 성 노예로 유린했고 난징 대학

살에서 무수한 조선인을 학살하고 조선 여성을 강간했으며, 731부대의 인체 생체실험과 조세이 해저탄광 노역 등 수천, 수만 건의 조선인에 대해 반인륜적 범죄행위를 저지른 일본은 희대의 악마족이다.

현재 일본이 불법 점령하고 있는 대마도는 우리 경상도(계림) 땅이며, 도쿄 국립 박물관에 소장품 11만 5천 점 역시 고대 우리 문화재 보물이 명백하다.

구한말은 한 치 앞을 가늠하기 어려울 정도로 조선의 조정 정치가 어지러웠지만, 그것은 어디까지나 우리 국가의 내정 소용돌이였다.

일본이 우리 조선국의 국모를 살해한 것은 아키히토 천황을 죽인 것과 같다.

우리 땅 대마도와 우리 문화재를 불법 갈취해간 값을 돈으로 환산할 수는 없지만, 그 대가는 어림잡아 미화 4,000억 달러는 족히 되며 이 돈을 토 달지 말고 갚으라는 것이다.

참고로 공개하자면, 하시마 섬은 일본 나가사키 현에 있는 무인도다.

2차 세계대전 당시, 조선인 5~6만 명이 강제 징용되었으며 그중 일부가 하시마 섬 탄광 지하 1,000m 깊이에 갇혀 하루

12시간씩 엎드린 채로 석탄 채굴 작업을 하면서 억울하게 죽어 나갔다고 한다. 조선인 강제 노역은 이것이 끝이 아니다. 일본은 시베리아에서 붙잡혔었던 일본인 전쟁 포로들에게 위로금으로 1억 5천만 엔씩 보상해 저들 고향 일본에 가서 정착하게 했던 반면, 조선인 포로들에게는 단돈 10만 엔씩만 주겠다고 하여 60~70%의 조선인들이 수령하기를 거부했다고 한다.

밤마다 선조 영혼들이 나를 찾아와서 조상들의 원한을 갚아달라며 울부짖고 있다.

남북, 우리 조선 민족은 인권이 말살당한 몸값 4,000억 달러를 일본에 요구할 권리도 있고 받을 자격도 있다.

우리 국가에 현재 외환 보유액은 3천~3천200억 달러밖에 안 되지만, 일본은 6천억~8천억 달러의 현찰이 금고 안에 들어 있다. 너희들 국민이 기모노 문화를 지키려면, 토 달지 말고 미화 4천억 달러를 비행기에 싣고 서울 공항으로 보내라!

선과 악(善, 惡)의 양면성을 지녀야만 역사 지도자가 될 수 있다.

아홉 번째: 하자투성이 헌법을 후손에게 물려줄 수 없다.

2013년 1월 1일경, 가슴에 참을 수 없는 통증이 조여 와서 경기도 소사에 있는 세종병원에서 심장 동맥 수술을 받았다. 그리고 일반 병실로 옮기면서 옷과 지갑을 찾으려고 원무과에 갔더니, 책임자가 병원비를 결제하지 않으면 지갑 속에 들어 있는 현금과 수표, 총 320만 원 정도를 압수해야 하니 돌려줄 수 없다는 것이다. 치약, 칫솔, 수건 살 돈도 안 주면서 5~6시간 전에 수술받은 환자를 휠체어를 엘리베이터 안에 밀어 넣고는, 원무과 계장은 뒤도 돌아보지 않고 가버렸다. 그날 밤, 병원 침대에 누워 생명의 위협을 느끼면서 뜬눈으로 밤을 지새우고, 이튿날 아침 일찍 영하10도 강추위에 점퍼도 없이 세종병원을 나와 외상 택시를 타고 소사경찰서에 고소장을 접수했다. 담당 경찰관(재무과 형사)이 세종병원 원무과 계장도 아닌 제삼자와 몇 마디 통화하더니 말하는 것이다. "외국인 신분으로 병원비를 안 냈으면 지갑 속에 든 현금과 수표 뺏는 것은 합법입니다. 집에 가십시오."라고 하더라. 게다가 10여 분 만에 경찰서 문을 나오는 나의 뒤통수에 대고 "억울하면 민사소송하십시오."라는 것이다.

그 후에 몸이 아파 미국으로 돌아가서 4번이나 같은 수술을 받았다.

2015년 10월 8일, 3년 만에 꿈에 그리던 조국의 인천 공항에 도착하여 경기도 부천역 부근에 짐을 풀고 전철 교통카드를 구입했다. 3일 뒤인 10월 12일 아침, 남부보훈처를 가려고 전철을 타려니까 게이트 문이 열리지 않아서, 역 발매사무실 앞 소파에 앉아 담당 여성 직원과 해결하려 했다. 그래도 해결되지 않아서 책임자를 불러달라고 두 번씩 요구했는데도 "책임자를 불러주면 어떻게 할 건데요?"라면서 CCTV가 있는 발매실로 들어가서 자기 일만 하는 것이다.

　　이름이 뭐냐고 물으니 역시나 대답이 없어 나는 직원의 왼쪽 가슴에 달린 명찰을 확인하려고 발매실에 들어갔다. 스마트폰만 하고 있던 직원은 구부리고 앉아 있어서 명찰이 잘 보이질 않았다. 이름표를 확인하려고 손을 움직였는데, 그 직원은 내 손가락이 자신의 가슴을 향하는 것으로 오인하고 소리쳤다. 이렇게 나는 신고를 당했고, 그 직원은 경찰 앞에서 내가 가슴을 세 번 만졌다고 진술했단다.

　　이렇게 해서 나는 졸지에 강제추행범으로 2016년 1월 18일 부천지원 452호 법정에서 첫 재판을 받았고 이름을 물어본 것도, 상급자를 불러달라고 두 번씩 요구한 것도 법정에서 무용지물이 되었다.

그 여성 역무원이 법정에 나와 진술한 것은 내가 자기 옷깃을 잡고 아랫도리를 추행했다며 진술을 번복했다고 국선 변호사가 알려줬다.

그리고 동년 2월 3일 재판 때는 옷깃을 잡고 아랫도리를 추행한 혐의는 검사석에서 취소한다고 했다.

거짓말 진술이 명백한데, 최종 판결에는 벌금 300만 원에 성폭력 예방 40시간 이수라는 천부당만부당한 날조된 사심 판결이 나왔다.

원심 판결문을 사심, 날조로 규정하는 이유는 다음과 같다.

첫 번째: 판결문을 보면 그 여성 역무원이 교통카드를 확인하기 위해 발매실로 옮겨 책상 앞에 앉아 있었다고 했는데, 교통카드 확인은 나를 처음 안내해준 남자 안내원이 두 번을 컴퓨터에 확인하여 "손님 카드에 3만 원 입금되어 있습니다." 라고 했다.

두 번째: 고객 지원실 소파에서 그 여성과 마주 앉아 있을 때, 교통카드 만지작거리며 손톱으로 카드만 긁고 있기에 남의 카드 긁지 말고 민원처리 해결해 달라고 하면서 교통카드를 뺏으면서 위 책임자를 불러 달라고 요구하니까 그 여성

왈, "책임자를 불러주면 어떻게 할 건데요?" 하면서 발매실로 들어갈 때는 그 여성 손에 교통카드가 없었다.

세 번째: 책상 의자에 앉아 교통카드를 조회 중에 내가 발매실에 들어와 여성 가슴에 손을 댔다고 했는데, 그 여성은 책상 의자를 당겨서 룸 가운데로 옮겨놓고 자기 스마트폰 게임만 하고 있었다(CCTV 영상이 그 증거이다).

네 번째: 판결문 원본에, 내가 손을 뻗어 그 여성의 명찰을 눌렀다고 하는데 그 여성이 룸 가운데 의자에 앉아 있다가 내가 들어가면서 명찰 좀 보자고 하면서 손이 여성 가슴 쪽에 가리키니까, 그 여성이 내 손을 막으면서 일어서니까 명찰에 여성 이름이 보여서 나는 책상 위에 사인펜을 집어 들고 이름을 적고 나오는 것이 CCTV 영상에 또렷이 찍혀 있다. 여성 가슴에 달린 명찰을 눌렀다는 것 역시 새빨간 거짓말이다.

다섯 번째: 불합리한 판사의 법령 적용이다.

공소 사실에 혐의 불합치가 명백한 백지 사건을 형법 제298조에 해당되지 않으며, 벌금 300만 원 형과 신상정보 등록. 성추행 예방 40시간 교육은 당연히 적용될 수 없다.

여섯째: 판사, 검사가 짜고 치는 고스톱이 명백하고 무고인을 100% 죄인 만드는 불공정, 도깨비 헌법을 후손에 물려줘

서는 안 되며 이런 무자격 판검사를 국민 혈세로 양성하고 있다는 것이 부끄럽고 한심하다.

헌법은 자식을 정의롭고 강직하게 가르치는 어머니 같아야 한다.

법원 내 앞에 어느 청년은 전철역 안에서 옆에 잠자는 여성의 아랫도리를 만졌다고 시인 고백했는데도 벌금 200만 원이 고작이었다.

여성의 아랫도리를 만진 그 청년의 죄보다 나의 허위 강제추행죄가 더 무겁다는 뜻이다.

대한민국 헌법 1조 2항에 모든 주권은 국민에게 있고 권력은 국민에게서 나온다고 되어 있는데, 대한민국의 모든 권력과 주권은 판결권자의 사심에서 나온다고 고치고 싶다.

국민 여러분, 헌법의 신성한 정의를 하이에나 판사가 야만적으로 조작했습니다.

사건의 진실과 전모는 CCTV 영상 안에 그대로 담겨 있다.

경찰서에서 혐의를 강하게 불인정하는 진술 내용이 아주 자세히 나와 있는데도, 나를 죄인 취급하는 것에 화나고 불쾌하여 검찰 조사관에게 "나는 이 나라에 대통령 하려고 왔으며, 여성 강제 추행하려고 온 사람 아니다."라고 말하고 "뭐, 이런 놈이 자리에 앉아 있어!" 하고 문 박차고 나온 것이 사적인 부당 판결의 단초가 된 것으로 짐작된다.

첫 재판 때부터 부천지원 말단 법원의 판검사 두 명이 짜고 치는 고스톱 사심 판결이 불안하여 국선 변호사를 통해 국민 참여 재판을 신청했었다.

그러나 나의 케이스는 작은 사건이라 국민 참여 재판을 하기에는 자격 미달이라고 했으며, 대법원 역시 사형 또는 무기 사건이 아니면 작은 사건은 심의해주지 않는다며 나의 상고를 기각시킨다고 했다.

10월 12일 2015년 오전 11시경, 부천 원미경찰서에 가서 고소장을 접수하고 2층에서 고소인의 사건 공소 사실을 경청하던 담당 경찰관 왈, "지금 고소인(윤 웰리스)이 말한 것이 사실이라면 자기 생각에는 강제추행죄 아니다. 자기가 통상적인 사안 처리로 볼 때는 무혐의 사건이다. 맞고소는 판사에게 괘씸 심리가 작용할 수 있으니 6개월 후, 사건이 무혐의로 끝난 후 그때 부천 역무원과 역장을 무고 혐의로 고소할 수 있으니 기다려 보는 것이 어떠냐?"라고 하길래 한국에 형사법에 대한 지식이 없는 나로서는 그 경찰관의 조언을 받아들여서 맞고소장을 취소하고 나왔다.

권력에 핍박을 받아보지 못한 지도자는 진정한 국민 리더가 될 수 없다는 명언이 자꾸 생각난다.

물고기 가슴에 손이 달려있었다면 낚싯바늘 뽑고 도망칠 것이지, 바보처럼 낚시꾼에게 잡아먹히지 않았을 것이다

법은 국민을 도와주고 지켜준다고 인천 구치소 안에 대문짝만하게 쓰여 있었다.

대한민국에 대법원이 있고 헌법이 존재한다면 본인의 강제 추행 케이스를 국민 참여 재판에 회부하여 CCTV 증거 영상을 포함하여, 검찰 수사관과 그 여성 간의 전화 통화 내역과 거짓말 탐지기(Poly graph) 조사까지 포함한 전 과정을 5천만 국민이 시청토록 재심의해주길 바란다.

만약 대법원이 재심의를 안 해줄 때는 2017년 12월, 본인이 대통령이 되어서 선서가 끝나는 즉시 손도끼 들고 가서 법질서를 바로 세우지 못한 책임을 물어 대한민국 대법원을 부숴버릴 것이다.

2012년 봄쯤에 교포 신분으로 국민건강보험이 필요하여 구로구 개봉동 국민건강보험공단 사무소에 갔더니, 국민건강보험 규약이라면서 과거에 국민건강보험에 가입한 전력이 있는 교포는 한국 체류 2년치 금액 180만 원을 선지급해야만 건강보험을 들어 주겠다고 하더라.

또 65세 이상이면 대한민국 국민으로 거주할 이중 국적이 나오는데, 나의 경우는 강제추행이라는 죄명 때문에 물거품이 됐다.

조국에서 대통령을 하려면 한국의 피선거권이 있어야 하기 때문에 45년간 살아온 미국 국적을 포기해야만 한다.

악랄한 젊은 여성 한 사람의 거짓말에 나의 칠십 평생 맑은 절개와 대쪽 명예가 마구간으로 추락했으며, 돈 가치로는 20억~30억이 손해났다.

돈 많은 삼성 기업에는 18시간이나 법 판결을 고민하면서 가난한 서민 노인의 유죄, 무죄 판결에는 단 1분도 고민한 흔적이 없다.

나는 그 부당 판결한 벌과금 300만 원을 갚으려고 12월 8일 2016년, 인천 구치소에 내 발로 가서 30일간 노역해서 갚았다.

열 번째: 북한 황해남도 땅을 300년간 임대하고 싶다.

북한에 어장 해역을 중국이나 대만에 팔았으며 평양 땅을 동유럽국 외국인 투자 회사에 임대하는 사례가 있는 것으로 알고 있다.

이런 연장선에서 황해남도 땅 소유권 지분을 300년 동안 남한이 가질 수 있게 북한 정부와 땅 임대 계약을 하겠다는 것이다.

5천만 국민이 다 생각하는 낡은 구시대 사고로는 38선 DMZ에 울타리를 걷어낼 수 없으며, 수십 년, 수백 년이 걸려도 북한 인민들의 1인 숭배 사상이 바뀌는 것도 아니다.

한반도의 1국 1체제 완전 통일은 우리의 희망 사항일 뿐, 빛 좋은 개살구에 불과하다.

나의 미래 국가관, 한반도의 국방관은 이렇다.

한국, 북한, 중국, 러시아 4개국이 서로 점령하지 않고 함께 밀어주고 끌어주는 이웃사촌 쉼 팜(Swim-pam) 동맹국을 결성하여 국방 안전이란 틀 안에서 사회 발전에 전력투구해나가고 싶다.

나는 2국 2체제 이대로 남북한이 공동 안보는 함께하되, 양국에 내정 체제에 대해서는 간섭할 수 없게끔 땅 중립화를 하고 싶다.

남북한의 공동 국방안보를 위해서 황해남도 전 역과 개성시, 개풍군, 장풍군을 비무장화하여 황해남도 땅에서 남한 국민이 300년간 안심하고 살 수 있게 하겠다는 것이다.

DMZ 철조망과 GP 군 초소는 그 자리에 그대로 두고 군부 국경수비대를 포함, 최정예부대 전원과 황해도주둔 2군단 전 병력을 평양 위쪽 100km까지 철수하고, 평양 아래쪽은 무장 병사 1명도 있어서는 안 된다.

남한 역시 GP 군부대 전원과 서울 수도 경비사령부를 포함 군 병력 100%를 DMZ 남쪽 100킬로미터 후방으로 이동 주둔시키는 조건이다.

6·25전쟁을 경험한 우리 보수 국민들은 황당무계하다고 생각할지 모르나, 생각을 바꿔야 한반도에 봄이 오고 평화의 꽃도 피게 될 것이다.

현재 황해남도 주민들이야 고향 땅에서 계속 눌러살든지, 떠나든지 기존 주민들에 대한 행정권리는 북한 정부에 있으며 북한 정부의 소관이다.

그리고 민, 관, 군 그들의 이사 비용은 별도로 지급할 수는 없지만, 원전 1~2기를 건설하여 황해남도 밤하늘에 휘황찬란한 네온사인 도시화 시대를 열 것이다.

상공은 군 항공 정찰 상시 감시기구를 창설하고 남북한 공동 경비 구역으로 하며 해상은 원산, 함흥, 통천 쪽 동해와 남포, 해주, 개성 쪽 서해는 남군, 북군이 함께 공동 경비방어로 하여 평화의 명분을 차곡차곡 쌓아서 100~200년 후의 1국 1체제 통일의 초석이 되도록 준비할 것이다.

위 조항에 북한 정부 이하 전 인민들이 찬성 서명한다면 매년 20억 달러(2조 원)씩 10년간 (합계 20조 원) 북한에 무상 지원해줄 용의가 있다.

우리 대한민국은 지구 240개 국가 중 부자 14위권 안에 들어가는 나라이다.

우리 정부가 지난 10년간 외국에서 구입한 군사 무기 총액은 대략 40조 원(400억 달러) 정도며 우리 국방 안전이 보장되고 남북이 공동으로 핵 개발하겠다는 확고부동한 조건이 마련된다면, 매년 20억 달러(40조 원의 절반)씩 10년간 북한에 무상 원조해줘도 남한에 이익이다.

매년 20억 달러씩 10년간 북한에 원조해주는 조건은 아래와 같다.

1. 북조선 인민들은 매일매일 이밥에 고깃국 한 끼 한 끼 먹을 때마다 남조선의 고마움을 잊어서는 안 되며, 아울러 남북한은 같은 형제~자매라는 것을 매월 4회 이상 조선중앙TV와 국영 신문 상단에 보도할 것.

2. 북한 정부는 경제 대국화로 도약할 새 청사진을 제시할 것.

3. 만약을 위해 일본에 자살폭탄을 투하할 가미카제 특수부대원 500명을 북한에서 양성할 것.

4. 북한의 군병력 수를 남한과 동일숫자로 줄일 것.

5. 북한 내 여행 제한구역은 총 20개로 한정하고, 그 외 시도군 어느 지역, 어느 산골이든 대한민국 신분을 가진 사람이면 북한 법 규정의 제지 없이 스마트폰, 노트북 사진 촬영까지 가능하도록 허가할 것.

6. 핵무기, 미사일 등 대형 살상 무기개발은 남한 정부와 공동 개발을 원칙으로 할 것.

7. 북한수용소에 억류해있는 이탈가족 전원을 석방하고 민간 군부를 막론하고, 남북 양국에 정치, 문화, 스포츠 등 상시 교류를 의무화할 것.

8. 평양 시내에 한국주제 통일(관광) 사무소를 설치할 것.

9. 북한 정부가 황해남도 땅 임대를 거부할 때는 우리 대한

민국은 북한과 똑같이 핵과 SLBM 잠수함 탄도 미사일 개발에 착수하여 신냉전 전략을 준비할 것.

10. 오염 주범인 바다 쓰레기를 제거할 것.

11. 남한과 광물자원 거래 창구를 개설할 것 등 위의 10개 항을 북한 정부가 받아들여서 남북한의 공동 안보 협약 이 성사될 때는 우리 한반도에 봄바람이 불어올 것이다.

지금 이대로 가면 북한의 멸망은 불을 보듯 뻔하다.

우리 국민 1개 도민이 함경남도로 이주하게 되면 약 100개 이상의 초중고등학교와 10만 명의 공무원들과 1만 명의 교통 질서 경찰들이 상주하게 되므로 수만 명의 북한 노동인력이 필요하고 형식적인 국경을 정해놓고, 북쪽 상인들과 노동자들 이 낮에는 국경을 넘어와서 돈 벌고 밤이 되면 자기네 나라로 돌아가는(동유럽, 서유럽 국가들처럼) 사상, 문화와 자유 왕 래를 보장해주는 해방 브리지를 놓자!

정은아~ 정은아~ 내 말 좀 들어봐라~!

북한을 탈출한 탈북민들의 한결같은 구호는 조선(북한)은 망했다는 것이다.

북한 정부는 세상을 바로 보고 통 큰 생각해라~!

탈북민들의 숫자가 쌓일수록, 그들이 북에 두고 온 부모 형제를 그리워하는 사연을 들을 때마다 내 가슴은 찢어지도록 아프고 괴롭다.

한반도 안보 공동전선에 북한 정부가 동의할 때 우리 민족은 함께 어깨동무하고, 금강산 관광과 개성공단 가동 등 모든 것이 원상회복 되고, 남북한의 노동, 관광 등과 무역거래(농산품, 생필품, 비품)가 활발해질 것이며, 따라서 북한 호적을 가진 자는 남한 국민이 될 수 없게 원천 차단할 것이다.

(탈북민을 더 이상 받아들이지 않겠다는 뜻이다).

1990년대쯤 북한 고난의 행군 당시, 인민 300만 명이 아사했고 황해북도 사리원시 들판에 굶어 죽은 아이들 시체가 널려 있었다고 한결같이 증언했다.

정든 사람, 가족, 친지들과 고향 산천을 가슴에 묻고 무작정 남쪽을 향해 오면서 어린 자식에게 오줌을 먹여가며 몇 날, 몇 밤을 지새워 두만강을 건너 낯선 남한 땅에 온 가슴 아픈 탈북민들에게 북한 정부는 피눈물로 사죄해야 할 것이다.

금지옥엽 인민들을 굶어 죽게 하는 지도자를 최고의 존엄이라고 하느냐?

자기 나라 지도자를 존경하는 것은 좋은 일이지만, 신처럼 우상 숭배하는 것은 바보짓이다.

마하트마 간디 자서전에 인간을 천대하는 지도자는 영웅도 아니고 존엄의 대상도 아니라고 했다.

인민들을 굶겨 죽이는 지도자는 태양도 아니고, 명왕성도 아니며, 전범 일본인보다 열 배, 백 배, 천 배 더 나쁘다.

2016년 5월 제7차 노동당 대회 때, 외신 기자단을 불러놓고 화장실 안까지 따라다니며 감시한 것은 국제규범에 많이 어긋난 행동이다.

민주주의 나라에서 야당 여당들의 대립과 파벌 견제를 양성하는 이유가 바로 나라발전 때문이다.

100% 찬성만 허락하는 국가가 어떻게 경제 발전하기를 바라는가?

황해남도를 남한에 임대하고 북한 바닷가에 철조망 없애고 출신 성분 없애고 통행증 없앤다면, 북조선은 탈북자도 없어지고 천국 된다.

금강산, 묘향산, 칠보산, 온포 휴양소, 마천 휴양소, 원산 바다, 남포 명사십리에 백옥같은 모래사장과 바다 해산물 등 천혜의 자연 보물들을 개방한다면 15~20년 안에 북한은 경제 대국이 될 수 있다.

황해남도 서쪽 바닷가 장연군, 용연군 일대에 원전 1~2기를 건설하여 황해남북도 일원에 네온사인 불빛 천하를 만들 것이다.

나는 북한 내부를 이간질해서 김정은 정권을 무너트릴 생각은 추호도 없다.

북한당국이 진정으로 경제 대국화를 바란다면 인민들이 배부르게 할 마음을 얻어야 한다.

이것만이 북한 정부가 고립무원(孤立無援)을 벗어날 수 있는 수당이고 능력이다.

정은아~! 제발 하늘에서 내리는 소낙비를 손바닥으로 가리려 하지 말고, 북한 인민들이 세계 도처에서 외로운 고아 거지로 떠돌게 하지 마라! 부탁한다!

황해남도 임대만 성사되면 즉시 평양주제 통일사무소 개설과 미군 철수, 사드 배치 철수, 개성공단 복원, 금강산 관광이 원상 복원되고, 현대 관광버스 1,000여 대가 매일 북한 땅 전 지역을 누비게 될 것이며, 관광과 노동 대가로 가져갈 돈은 엄청날 것이다.

이것이 나의 한반도 통일구상 제1차 목표이며, 여기서 성공할 때는 제2차로는 북한 정부가 국제사회 규범에 다가서는 변화에 따라서 서울시민들이 평양시 아파트를 매입할 수 있는 법리 검토에 들어갈 수 있을 것이다.

한반도에 안보 평화가 오려면 보수 정부가 한강 물에 빠져 죽어야 한다.

눈 깜짝할 사이에 적군의 진지를 초토화할 세계최강 타격 무기 F-35 스텔스 폭격기와 B-52, F-22 A 랩터, B-1B, B-2 스피릿 폭격기 등 가공할 첨단 무기들은 우리 것이 아니다.

나, 윤태경은 남의 무기 믿고 큰소리 뻥뻥 치는 좁쌀 잠룡이 아니다. 보수들의 고정관념 사고를 믿고 나라운영 하려는 못난 박근혜가 아니다.

우리 한반도에 시속 430km의 해무 열차가 평양~사리원~남포~해주~개성~서울~부산까지 마음껏 달리는 꿈의 관광시대를 열 것이다.

서울 땅에 신혼부부 살림집인 소형 아파트값은 현재 10억이다.

캥거루족으로 부모님 집에서 돈 안 쓰고 모으면, 2년이면 황해남도에 신혼 아파트 한 채씩 현찰 구입할 수 있게 하여 서울, 경기도 인구 1천만 명 정도가 황해남도로 이주하는 새 시대를 열 것이다.

남북한 상호 보호 방위 조약이 체결되면, 우리 국방의 1년 예산 40조 원 중 2조 원 (20억 달러)씩 매년 10년간 총 20조 원을 북한에 준다 해도, 우리 남한은 10년간 20조 원이 남는 장사를 하게 된다.

열한 번째: 월남 참전 용사들에게 미지급 전투 수당을 국가가 보훈적 큰 양심으로 지급도록 할 것이다.

남의 나라에 가서 싸운 참전 용사들의 전투 수당은 생명을 담보한 대가이기에 마땅히 나라에서 지급할 의무이고 받아야 할 권리이다.

월남전에 참전한 호주국가에 예비역 병사들은 월 2,500달러의 수당을 받는다고 하는데, 세계 경제 13위권 나라에서 참전용사에게 주는 보훈 예우가 절벽이며 학살이라니 말이 안 된다.

살아계시는 파월 참전 용사 약 10만 명 정도에게 매월 150~200만 원씩 참전수당을 개인에 지급하도록 보훈법을 개정할 생각이다.

열두 번째: 1995년도쯤에 미국에 있을 때다. 겁 없고 철없는

북한 정부의 불순한 태도에 환멸을 느껴서, 나 독단으로 북한 군부의 기지들을 파괴하는 작전명 'North Flash' 비밀 시나리오를 작성한 적이 있다.

그런데 왜 결행을 안 했느냐고?

이유는 극동 지역 주둔 미군 7함대 사령관을 접선 포섭할 미인계 그룹과 로비스트, 함대 사령관에게 나눠줄 뭉칫돈, 함대가 정박한 지점까지 항해할 호화요트 준비 등 총 경비로 100만 달러 이상의 거액 자금 마련이 불충분했기 때문이다.

미 함대 사령관의 지위는 본토(백악관)의 명령 하달 없이도 작전 수행을 할 수 있는 시스템이 갖춰져 있다.

망망한 바다 사나이들의 매일 같은 지루한 생활과 전쟁 환상, 일상에 도취하여있는 사령관의 애국적 영웅 심리를 이용한다면, 전투함대 안에 실려있는 무기 중 1/3만 활용하더라도 5~6시간이면 북한 전역에 군사 요충지 45% 정도를 괴멸시킬 수 있다.

문제는 작전이 끝난 다음이다. 중국, 러시아와 UN에서 시끌벅적하겠지만, 본토 명령 없이 함대 사령관이 독자 행동한 사실이 외부에 알려지면 결국은 2~3주 정도 떠들썩하다가 흐지부지 넘어갈 수밖에 없을 것이다.

북한 정부 역시 상당수 무기가 파괴된 마당에 한국 정부의 개입 혐의가 명확하지 않은 상황에서 전면전은 불가능할 것이며, 그 무렵 한국 대통령은 김영삼 씨 취임 직후로 미국 한국 두 대통령들은 사태에 난감함을 겪기는 하겠지만, 결국에는 별 탈 없이 사태 수습될 것으로 확신했다.

열세 번째: 우리 대한민국이 수평 발전하려면 서울, 경기도의 발전을 멈춰야 다음 후손들이 낑낑 생활을 벗어날 수 있을 것이다.

이렇게 하려면 대통령이 목숨 내놓고 혁신 개발해야 한다.

서울, 수도권 건설을 중지시키고 서울시민 500만 명 이상 서울 땅을 벗어나서 서울 경기도에 아파트값이 반 토막이 되어야 아름다운 서울의 명성을 찾게 될 것이다.

전 세계 180개 국가 중 한국에 공기 오염 질은 173위라고 하며, 서울에 도시 거주인구 80%가 대기오염에 중독되어 있다고 하며, 지금 서울은 청정공기 생산을 위해 서울 시내에 경유차 진입을 막겠다고 하며, 10년 넘은 노후자동차 600만 대가 굴러다니는데, 용산 미군 기지 자리에 빌딩 숲을 짓겠다고 하느냐?

세종시에 공무원 전용 아파트 불법 전매사건이 1만 건을 웃돌고 있다고 하며 지난해 우리 국가 GDP 성장률이 12위로 밀려났다고 하니 암담하다.

박근혜 씨와 나는 자라온 흙의 토양이 다르다.

박근혜 씨가 영어책 들고 개인 교습 받을 때, 나는 부모로부터 공부하라는 소리 들어본 적 없고 청송 골짜기 산에 올라 장작 베어와 선친 궁둥이 뜨끈뜨끈하게 했다.

혼용무도(昏庸無道)란 어리석고 무능한 군주가 세상을 어지럽힌다는 뜻이다.

우리 대한민국에는 말 잘하고 얼굴 훤하게 잘생긴 덜된 리더가 필요한 것이 아니고, 새역사를 개척할 선견지명 지도자가 나와서 천 년 미래 그림을 그려내야 후손들의 삶이 풍성해질 것이다.

박정희, 등소평은 작은 체구에 외형은 볼품없었지만, 그분들은 역사를 바꿔 놓은 감자 같은 위인들이었다.

바둑 전략에서 '아생연후살타'란 말은 자신의 이익과 안전부터 먼저 챙기고 그다음에 공격과 외형을 생각하라는 뜻이다.

열네 번째: 남한 지역 11개 공항에서 매년 600억 원이 적자

나고 있는데, 6~7조 원 들여서 김해 공항을 확장 건설하겠다는 것은 프락치 행정이다.

활주로의 안전성과 200~300년 후의 미래를 생각하고 항공기 24시간 이착륙 운영 시스템을 갖추려면 10조 원 그 이상 투자되더라도 부산 가덕도 신공항 건설이 정답으로 보인다.

열다섯 번째: 후손 삶의 행복을 건설하려면, 블라디미르 푸틴 러시아 대통령처럼 국가운영을 부득이한 경우 민주적 순리를 벗어날 필요가 있다.

나는 검찰청을 해체, 축소, 개혁하든지, 아니면 검찰 업무를 경찰청으로 이관하는 것을 고려하고 있다.

세월호 유병언 사건, 최순실 사건만 보더라도 검사 100명 이상 투입되고 소리만 요란스러웠지, 사건 초기부터 최순실의 금고도 확보도 못 한 채 우왕좌왕 골든타임 다 놓쳤으며 사건의 본질을 읽는 수사기법과 수사행정에 문제 있다.

검사로 국민 세금 낭비하고 변호사가 되면, 변호사로 국가에 도움 못 되고 국민은 봉인가…? 검찰청을 해체하려고 할 때는 이 나라에 검사가 더 이상 존속할 가치가 없어졌기 때문이다.

혈세 낭비 주범인 검찰 조직 해체는 재고할 여지가 없다.

또 법원 판사는 죄(혐의)를 인정하는 사건만 심의 판결토록 하고, 범죄 혐의를 부정하는 사건에 대해서는 경미한 사건일지라도 '국민 참여재판' 한 번으로 끝낼 수 있게 간소화할 것이다.

정부 기관 산하에 국고 낭비하는 구멍이 10만 개가 있더라도 다 틀어막을 것이며 부서 간 중복된 업무를 최소화하고 법원 항소(항고) 남발을 막기 위해 항소 건당 200만 원씩 공탁금제도를 도입할 것이다.

제 몫을 못하는 검찰 조직과 법원에서 구속 영장 발부 제도는 역사 속으로 사라져야 한다.

현재 검찰의 수사 업무 100%를 경찰에서 주관할 것이며 어떤 방식으로 수사하겠다는 수사 예보 문화 역시 사라져야 한다.

국민의 알 권리도 중하지만, 수사상 비밀 누설이 더 중하기 때문이다.

나라를 바꾸려면 변호사라고 비켜갈 수는 없다.

변호사는 국가와 상생해야 하는데 현재 변호사법은 맹랑한 무분별 법이라서 변호사가 범법자들을 양성하고 있다.

앞으로는 변호사가 법정에 설 수 없으며 다만 범법자 옆에서 심부름 입회, 그 이상은 관여할 수 없게 변호사법을 전면 개정할 것이다.

변호사 법령을 개정하면 일반 범죄자는 30% 이상 줄어들 것이고, 금융 사범은 50%까지 줄일 수 있을 것이다.

대신 국제 변호사를 더 많이 양성하여 국가 간 소송에는 백전백승하게 할 것이다.

변호사란 돈 있는 범법자의 전유물이며 가난한 서민들에게는 그림의 떡이다.

극악무도한 죄인을 인권, 자유, 어쩌고 하면서 신선한 교도소 안에서 공짜로 밥 주고 이불 주고 국민 세수 낭비를 조장하는 것이 변호사이다.

■ 전장에서 만난 용사와 장군은 말이 없었다

박정희 전 대통령은 나라를 살리는 구국 정신을 가르쳐 주었고, 채명신 장군은 참군인 정신을 나에게 가르쳐 주었다.

가난한 농부의 아들로 태어난 박정희 전 대통령은 새마을 운동을 시작으로 자조, 근면, 협동 정신과 국민 교육 헌장을 우리 국민들에게 심어놓은 역사적 과업을 이룬 분이며, 혁명가 정신과 교육자의 장점을 두루 갖춘 큰 인물로 생각한다.

물론 18년의 긴 통치 기간 자의든 타의든 국민 개인에 자유와 기본 권리를 강압, 억압하고 구속한 것은 어떤 말로도 용서가 안 되지만, 6·25사변 직후인 그 시대 2천만의 배고팠던 우리 국민에게는 자유민주주의보다는 빵 한 조각이 절실했을 것이다.

이것을 박정희 장군은 뼛속 깊이 헤아리고 5·16 군사 반란을 일으켰을 것으로 생각한다. 그때가 나였어도 쿠데타 반란을 생각했을 것이다.

"부모님의 사랑으로 이 세상에 태어나서 조국을 위해 싸우다가 이 한 몸 사나이답게 산화하니 나는 참 행운아입니다. 부디 다른 말 마시고 함께 있어 주지 못해 미안하다고 고향에 처자식과 부모님에게 전해 주십시오."

전장에 어느 병사가 마지막 숨을 거두면서 소대장에게 부탁한 말이다.

이 세상에서 가장 가치 있는 것은 조국을 위해 한목숨을 산화하는 것이며, 가장 가고 싶은 곳은 태어난 고향이며, 가장 보고 싶은 것은 두고 온 부모님과 처자식이다.

우리 가요 「삼팔선의 봄」이란 노래 가사에는 '대장도 싫소 이등병 목숨 바쳐 고향 찾으리'라고 했다(별판 계급 대장도 싫고, 고향에 두고 온 꽃분이 소식이 최고라는 뜻이다).

때는 1966년 혹독했던 겨울 추위가 마지막 시샘을 할 무렵, 움츠렸던 만물이 생동하는 봄의 어느 날, 청년은 윤태경은 이 한 몸 조국에 바칠 날을 위해 안동역에서 논산 훈련소로 가는 완행열차에 몸을 실었다.

그리고 육군 입대 6개월 만에 강원도 화천 오음리에서 파월장병 교육을 마치고, 1967년 1월 초에 한국군 전투병 본진으로 부산항을 떠나 남쪽 하늘에 은하수(십자성)를 세어가면서 월남(베트남) 퀴논 항구에 도착하여 약 2~4주일간 현지 적응 훈련을 마쳤다.

그 시기는 월남 곳곳에 베트콩의 게릴라 전쟁이 한창이던 때였다.

베트남의 남북 사이 즉, 투이호야와 퀴논 사이에 난 1번 국도가 베트콩에 의해 끊어져 있었으며 이 도로를 개통하기 위한 전쟁이었다.

1번 도로는 그 당시 미군 사령부에서도 난공불락이라며 포기했던 곳이다.

이곳을 우리 한국군이 재탈환하고 개통하기 위해 주월 맹호 부대와 백마 부대가 연합 하여 군사 작전을 하게 되었으며, 견우와 직녀가 만난다는 뜻으로 맹호는 남쪽에서, 백마는 북쪽에서 동시에 전진 수색하는 전략을 세우고 월남 참전 사상 최대의 아군 희생이 예견되는 대작전을 시행한다. 이것을 작전명 오작교라 명명하였다.

나는 월남 파병 후 첫 작전으로 맹호 1연대 수색대에 배속되어 베이스 기지를 떠나서 첫 첨병 임무로 오작교 작전에 투입되어 찌는 듯한 열대 폭염 속에 험준한 산맥을 넘고 넘어 앞이 안 보이는 정글을 헤치며, 명분 없는 남의 나라 전쟁에 대가 없이 한 젊은이의 생명을 맡겨야 하는 최후의 날을 맞이했다.

오작교 대작전에 투입된 지 불과 2~3일째 되던 어느 날, 그날은 전 대원들이 트럭에 올라타고 행선지를 모른 채 어디론가 이동하고 있을 때였다.

앞에 가던 트럭들이 갑자기 서행하더니 앞차에 탄 병사들이 그 자리에서 경례를 하기에 나는 무슨 영문인지도 모르고 동료 병사를 따라 경례를 하고 보니, 미군 헬리콥터 엄호 하에 헌병대 호위를 받으며 지프차 위에 주월 한국군 사령관인 채명신 장군 모습이 보였다. 그는 나와 눈이 마주치자 손을 흔들어 주었다.

이것이 나와 채명신 장군과 첫 상면이고 마지막이 되었다.

채명신 장군님께서는 부하 사랑이 남달라서 위험한 전장 현장을 수시로 정찰, 답사한다고 했다. 당신의 목숨을 두려워하지 않는 철두철미한 군인정신과 늠름하고 꾸밈없는 나라 사랑과 바른 지휘관의 통솔 사명을 가지신 명장 중의 명장이었다.

그렇게 준비 없이 시작한 장장 42일간의 긴 사선 속에서 하루하루가 고달프고 지긋지긋했으며, 오작교 작전 도중에 적진지 속에 포위되어 물속에서 생과 사의 공포를 경험하기도 했다.

밤새 퍼부어대던 미군 포격 덕에 다음날에야 아군 본대가 수색해오면서 나는 다시 본대와 합류하게 되었는데, 그때 포탄 소리에 가는 귀가 먹어서 지금도 길가에서는 전화를 못 받는다.

전장에는 언제나 예상에 없는 불시상황이 오기 마련이다. 어느 날, 20 등고선에서 베트콩 소대를 만나 적군 소대와 아군 소대 간의 사생결단 죽음의 전투에서 은·엄폐할 지형물 하나 없는 선인장 사막에서 적의 총탄과 귓가에 빗발치는 모래사막에 먼지를 가르는 총알, 사선의 현장에서 논산 훈련소에서 배운 각개전투 방식을 몸에 익힌 덕분에 이리 뒹굴고 저리 뒹굴면서 만신창이 된 나, 윤 일병은 신의 가호로 무사 생존하게 되었으며, 지루하던 오작교 작전은 아군의 희생을 최소화하고 어느 지점에선가 백마 선발대와 맹호 우리 분대원이 만남으로써 오작교의 대작전은 그렇게 막을 내리게 되었다.

군 제대 후에 안 일이지만 서경석 예비역 장군 역시 나보다

1~2년 먼저 천하무적 맹호 1연대 수색대에 선임 장교로 파월하여, (당시) 중대장 지휘관으로 파병 복무하다가 그분이 본국으로 귀국할 즈음에 오작교 작전이 시작되었을 것으로 추측하고 있다.

그리고 가수 남진, 진송남 씨는 내 후임으로 1년 뒤쯤 나트랑 투이호아 쪽에 야전 캠프가 있는 해병 청룡부대 수색대 일원으로 군 복무한 것으로 알고 있다.

역전의 지휘관, 고 채명신 장군께서는 북한에서 교편생활 도중 남쪽에 와서 배고픔과 사상 이데올로기를 겪으면서 고된 생활 속에 육사 5기로 장교 임관했으며, 당시 총알이 비오듯 하는 제주도에 첫 근무지 배속을 받았고, 그 후 대위로 진급과 동시에 송악산 전쟁터에 투입되었다고 한다. 그리고 개성 송악산에서 치열한 전투현장을 누비고 있을 때 그의 상관이던 김석원 사단장을 만나게 되었으며, 김 사단장은 일본군 대대장으로 중일전쟁에 참전한 경험 많은 노장이었다.

김석원 장군은 위험한 송악산 전투현장, 사선 고지에까지 올라와서 부하들을 격려하는 것을 보고 그의 리더십에 감동하여 채명신 중대장은 군인 지휘관으로의 자격을 배우게 되었다고 한다. 그리고 송악산 육탄 10 용사의 신화가 이때 탄생하였다고 한다.

　다시 월남으로 얘기를 돌리면, 그 지긋지긋하던 견우직녀 만남의 오작교 작전은 전장 병사들의 많은 희생과 무수한 사연을 남기고 맹호와 백마가 만남의 해후를 하면서(나의 오작교 작전 종료 해후 사진이 당시 한국일보 지면엔가 실렸었다는 얘기를 들은 적 있다) 마무리 종식되었으며, 그때 전 세계에 유력통신과 언론들은 앞다투어 '오작교 랑데부 작전의 성공'이란 제목으로, '한국군을 배워라—맹호와 백마의 만남'으로 보도했었단다.

　당시 미군 사령관이던 웨스트 모럴랜드 장군은 이렇게 역설했었다. "나의 군 생활 중에 가장 인상에 남는 것이 오작교 작전이며 한국군의 완전무결, 철두철미 전술은 월남 땅에 개척이 되었다."

　내가 알고 있는 채명신 장군의 군인정신은 모든 군인의 선망의 대상이었다.

　1951년 당시 중령이던 그는 6·25의 격전기에 백골병단 유격부대를 이끌고 강원도에 토벌작전 도중 생포한 김일성 왼팔 김원팔이 사상 전향을 거부하고 권총 자살 전에 적장 김원팔이 맡긴 부모 잃은 어린 소년을 자기 동생으로 호적에 입적하여 사비로 서울대학을 보내서 박사학위까지 받게 하셨다. 채 장군님의 사람 됨됨이와 지성미, 인간미, 필사즉생 필생즉사 라는 군인 사상과 정신무장, 전술 판단 등 군지휘관의 신념과 리더십에 반해서 나는 그분의 철학까지 존경하게 되었다. 장 군님의 병사 사랑 또한 대단하다. 부하 병사 한 명 한 명을 자 기 자식처럼, 혈육처럼 아끼는 골육지정(骨肉之情) 지휘관이 셨다.

그는 사랑하는 외아들을 사병으로 전방부대에 군에 입대시 켰다. 그리고 전화 한 통이면 자기 자식이 좋은 보직 얻어서 3년을 편히 책상 앞에서 군대생활 마치게 할 수 있었는데도, 채명신 장군께서는 강직한 철인의 원칙으로 외아들을 한 치 의 사심도 없이 모범적 정도로 교육시켰다. 그분의 위대한 자 식훈육 정신은 우리 시대 아버지들에게 어떤 말로도 평가할 수 없는 모범사례가 되고 있다.

지금 고 채명신 장군님은 장성 묘역이 아닌 월남 전우들이 묻혀있는 사병 묘역에 잠들어 계신다.

장군님, 장군님이 가르쳐주신 애국정신과 덕장 인품을 이 몸이 흙이 되는 그 날까지 조국에 발전과 후손 미래를 위해 쏟아붓겠습니다.

장군님 편안히 주무십시오~!

리더는 국민 다수의 이익과 다수의 행복을 실현키 위해 새
로운 혁신정책과 목표를 세워야 한다. 제아무리 비범한 재주
꾼이라 해도 혼자서는 역사를 바꿀 수 없으며 위대한 새 역
사를 협력하여 만들어갈 국민이 필요하다.

바둑 게임에는 기칠운삼(技七運三)이라 기술이 7할이고 운
이 3할이며, 노름은 운칠기삼(運七技三)이라 운이 7할이고
기술이 3할이란 말이 있다.

나는 선지선각자(先知先覺者)로 다른 사람보다 먼저 보고
먼저 생각하고 먼저 깨달아서 먼저 행동하는 대통령이 될 것
이다.

나는 후지후각자(後知後覺者), 즉 선진국의 행동을 따라가
는 대통령 안 할 것이다.

15~16세 때 어느 날, 지게를 지고 막 산에 땔감 준비하려
고 집을 나설 때 선친께서 "태경아~!"하고 부르시더니 신문
속에 대문짝 크기로 실린 박정희 최고회의 의장의 사진을 가
리키며 "이 사람이 박쪄~엉희다. 니는 이 사람을 닮아서 꼭
좋은 나라를 세워야 한데이~! 태경아! 알아들었나?"라고 하
셨다.

그때 신문 속에 박정희 전 대통령 얼굴을 처음 봤지만, 움직이는 것 같은 그분의 눈매가 차갑고 무서웠다. 이미 선친께서는 그때 박정희 장군을 대한민국의 구국 의인으로 생각하신 것 같았다.

세계 최고 환락의 도시인 미국 라스베이거스를 창시한 사람은 뉴욕 브루크린 빈민가의 가난한 유대인 가정에서 태어난 마피아 갱스터 벤자민 시걸(Benjamin Siegel)이다.

그 후 도박호텔은 나라마다 우후죽순 생겨났으며 우리 한국 인천에도 '도박 복합 타운'이 건설된다고 한다.

라스베이거스 도박 도시에서 내 눈으로 직접 본 해군으로 예편한 어느 노 병사의 실화 얘기를 하고 싶다.

제2차 세계대전이 막 지나면서 해군에 입대 제대하여 군인 연금으로 작은 전당포를 개업해서 수백억대 재산을 가지게 된 80대 할아버지의 손자가 1,000달러짜리 기타를 실수로 1,200달러에 저당 받았다. 그것을 할아버지, 아버지가 알고 손자에게 밖에 나가서 지나가는 행인 앞에서 1주일간 구걸을 시켜서 손해 본 금액 200달러를 채워 넣게 하는 걸 봤다.

이것이 미국식 원칙이고 청교도인의 전통적인 자식 사랑 방식이며 선진교육이다.

옛말에 "귀한 자식 매를 주고 미운 자식 떡을 주라."라는 말이 있다.

네 자식이니까 무조건 검사, 판사, 박사 만들어야 하고 네 자식이니까 주식 수백억씩 상속해줘서 호의호식해야 하고 네 자식이니까 배고프면 안 되고, 한국 부모들의 자식 사랑 방식이 바뀌어야 선진국이 된다. 가정 교육 없는 배움은 물 위에 떠 있는 기름일 뿐이다.

나라의 수장은 변화와 개혁과 발전을 기획하고 만드는 사람이다. 그래서 나라와 국민을 위해 끝없이 혁신하고 연구하고 개발해야 한다.

리더는 국가와 국민을 사랑하기 때문에 간섭하고 지적하고 가치의 흐름 속에서 국민들께 위대한 혁신과 개혁을 요구하는 것이다.

대통령은 사회의 변화와 다음 행동 숙지를 국민들께 신속히 알리고 좋은 문화 의식을 심어 새로운 사회로 나갈 수 있게 해야 한다.

우리 국민은 세계 어느 국민보다 우수 근면하고 부지런하고 똑똑한 인재 국민으로 자랑스러운 민족이지만 과거를 쉽게 잊어버리는 망각증으로 세계 경제 10위권까지 발전한 것이 참으로 기적 같다.

네로황제는 자신에게 대항하는 자는 그 상대가 어머니일지라도 죽여 버리는 폭군으로 알려졌다. 그러나 네로황제는 친서민 정책을 폈기에 누구도 그를 권좌에서 끌어내리지 못했다고 한다.

만리장성을 쌓아서 만백성을 지키고 호적제를 도입하여 백성들이 마음 놓고 한곳에 정착해서 편히 살게 했던 진시황도 한때는 폭군으로 몰린 적이 있다고 한다.

나라정책은 아무리 잘해도 5천만 국민 전부 다 좋게 할 수는 없다.

현대차그룹이 서울 삼성동 한전 부지를 매입한 가격이 10조 5천억 원이라 한다. 현대에서 이처럼 통 큰 거금을 주고 땅을 사들이는 목적은 100층 이상 빌딩을 지어 30여 개 계열사(직원 수 약 2만 명)를 그곳으로 모으고 고급 호텔, 대형 쇼핑몰, 컨벤션센터, 자동차 전시장, 테마파크, 종합 비즈니스센터 등등 현대의 글로벌 컨트롤타워 공간으로 활용하는 데 있다.

나는 실로 놀랐다. 현대 자동차그룹의 정몽구 회장의 통 큰 미래투자 철학에 고개가 숙여지면서, 한편으로는 이렇게 통 큰 투자철학을 가진 분이 우리 한국 사람이라는 것에 마음이

든든하고 만족스럽다.

그런 과감한 재계 총수들과 미래 후손을 위해 투자 개발에 합류한다면 성공할 수 있을 것이다.

세계 어느 나라 국민들보다 우리 국민은 똑똑하고 현명하지만, 단체활동이나 협동심, 결과물을 만들어 내는 데는 갈팡질팡, 해롱해롱 맥을 못 춘다.

우리 국민의 본질은 순하고 부지런하고 근면 성실하다. 그런데 함께 모이면 기본상식을 벗어나 이성을 잃고 누란지세(累卵之勢)가 되어 질서가 없고 행패 부랑자로 돌변하여 방화, 구타, 경찰 폭행, 기물 파손 등 황소 고집쟁이가 된다.

새 정부 때마다 국민 행복 나라 만들겠다며 말은 비단같이 하지만, 구시대 고정관념 고집이 작동하여 나라는 후진국으로 되돌아가곤 한다.

지금 우리 국가는 약한 자와 힘없고 가난한 노인과 여성을 등쳐먹는 갑질 횡포 속에 살고 있다.

공정하고 청렴해야 할 TV 공영 방송국까지 연예인만 부자 만드는 연예인 하수인이 되고 있으며, 법조인, 대기업, 변호사, 박사, 갑부, 의사, 대학교수 등 직업 좋고 말 잘하는 화이트칼라들만 희희낙락하며 자유와 부를 만끽하고 있다.

회사를 바꾸려면 사업 아이템을 바꿔야 하고, 사업을 바꾸려면 활동 영역을 바꿔야 하며 나라를 바꾸려면 구식을 청산하고 지역 균등 발전 정책을 써야 한다.

과감한 개발, 개혁을 실천할 큰 지도자를 만나서 국민들과 삼위일체(三位一體)가 된다면 선진 나라를 우리 품에 안을 수 있다.

한국인들의 정신건강과 종파 비율, 근면성, 교육열의 등 모든 것이 넘지도 모자라지도 않고 적당하다.

다만 대졸 화이트칼라들의 안일 무사 정신과 유행성만 바꾸면 전 세계 어느 민족보다 우수할 것이다.

인구 13억 명을 가진 인도 나라는 신화를 지나치게 신성시해서 느리게 문명사회에 접근하므로 우리 대한민국보다 50년, 중국보다도 30년 뒤처져 있다.

무저항으로 위대한 영혼으로 건국의 아버지로 추앙받던 인도에 마하트마 간디 역시 힌두교와 무슬림, 이슬람, 그리고 지나친 신화 숭배로 1948년 한 광신도에 의해 암살당했다.

그런데 우리 국민은 모든 것이 지나치지 않고 적당하지만, 과거를 쉽게 잊는 망각증이 심하다.

6·25전쟁으로 이웃 일본은 부를 쌓아서 막강한 경제 대국이 되었는데, 우리나라는 풍비박산 거짓된 것이 불과 수십 년 전이였지만, 누구 하나 후손 행복을 위해서 위대하고 아름다운 그림을 그리는 사람이 없다.

미래 후손 세대에게 맞는 문화, 교육을 설계할 때가 바로 지금이다.

유행 사고를 버리고 인구를 줄이고, 음식 문화를 바꾸고 술, 담배 줄이고, 대학교 줄이고, 자가용 대수만 줄여도 우리 생활 체온과 삶의 환경은 몰라보게 달라질 것이다.

온 나라가 저출산 병에 걸려서 인구 증산만 노래 부르고 있지만, 내 생각은 다르다.

한반도의 국방 통합의 결실만 된다면, 인구가 3~4천만 명이라 해도 더 좋은 복지 나라로 도약할 기회가 될 것이다.

2014년 10월 현재, 남한 인구는 북한 인구의 약 두 배인 5,000만 명이 넘어서고 있고, 자동차 대수는 2천만 대를 웃돌고 있으며, 국민 두 사람에 자동차 한 대꼴로 자가용 생지옥에 살고 있는데도 도로 사정은 후진국에 머물고 있다.

우리 남한 국토의 바다와 땅 면적과 산 지형(地形)을 감안해볼 때 인구 4천만 명 이하가 적정선이 아닐까 싶다.

이런 불합리한 현실을 해결하려면 북한과 국방 통합은 반드시 이루어 내야 할 필수 과제이다.

좁고 숨 막히는 작은 땅덩어리 안에서 5천만 명 인구가 송사리 떼처럼 바글바글 싸우고, 지지고 볶고 부딪치고 깨지고, 거짓말로 서로 헐뜯으면서 2천만 대 자동차에 묻혀서 도로인지 주차장인지 모를 정도로 뒤죽박죽 엉켜서 생존 경쟁에 아우성친다.

참혹한 현실에 사는 우리나라가 왜, 왜, 인구 증산만 타령하는가…?

하지만 정부는 국민 삶의 질을 높일 생각은 않고 100년 후에 줄어들 인구 걱정하고 노인 인구 부양책임을 지금 태어나는 아이들 머리 숫자에 맞추려는 오작동 행정을 하고 있다.

이것이 수십 년씩 책 들고 공부한 학사정부, 학사 행정의 비전인지 답해봐라!

인구 늘리는 것만이 미래라는 궤변이 어디서, 왜 나왔는지는 모르겠으나, 산소와 환경과 빈곤층의 복지 향상은 계산 않고 노동인력과 내수 소비만 생각하는 인구 증산 정책은 실로 답답하고 부끄럽기 짝이 없다.

가로수를 심고 그린에너지, 공원화 정책을 쓰는 것은 맑은 공기와 산소를 얻기 위한 것이며 자동차 쌩쌩 달리게 도로 모양내려고 가로수 심는 것이 아니다.

가로수를 심고 그린에너지, 공원화 정책을 쓰는 것은 맑은 공기와 산소를 얻기 위한 것이며 자동차 쌩쌩 달리게 도로 모양내고 멋 부리는 것은 아니다.

인구를 늘리는 것은 소비증가로 이어져 당장 내수 소비 경제에는 도움이 될 수 있겠으나, 100년~200년 후에 우리 후손들을 생각할 때 장기적 국익으로는 볼 수 없다.

맑은 공기를 먹고 살아가는 인간의 생리를 생각한다면 국민 숨 쉴 곳부터 먼저 마련하는 것이 순서이다.

부국강병(富國强兵)한 안전제일 나라 세울
새 지도자를 찾아라

첫째도, 둘째도, 셋째도, 대통령이 목숨 내놓고 국정을 혁신 개혁할 때야 진정한 부국강병이 찾아올 것이다. 술, 담배에 찌들고 대중적 예절은 멀리 시집보내고 저들 입의 즐거움만 생각하면서 24시간 떠들고 취해서 거들먹거리는 기성세대들은 반성해야 한다.

맹자 진실 편에 제시한 군자가 즐거워하는 군자삼락(君子三樂)을 보면,

첫째는 나라와 백성들의 무사함과 즐거움이며,

둘째는 하늘을 우러러 한 점 부끄럽지 않은 행동이며,

셋째는 천하제일문화와 지성영재교육을 가르치는 즐거움이라고 했다.

아프리카가 원산지인 최고의 원예 식물인 붉은색 군자난초라고 있다. 군자수장이 그리웠던 어느 대학교수가 군자란 모종을 구입해서 자기 집 베란다 화분 속에 심어놓고 그 난초가 꽃을 피울 때 미역국을 끓여 난초 앞에 극진히 바쳤다는 일화가 전해진다.

조국 대한민국에 필요한 것은 미꾸라지 잠용 한 트럭이 아니고 국민안전, 여성안전, 노인안전, 가난한 서민을 지켜줄 군자 대통령이다.

전라북도 이리 열차 폭발화재로 시작하여 1971년도 대연각 호텔 화재로 163명 사망, 1972년 대왕코너 화재로 60명 사망, 1980년 부산 대아 호텔 사망 40명, 1987년 대한항공 사고로 사망 115명, 구포역 열차 전복사고로 78명 사망, 목포 아시아나 항공사고로 사망 70명, 서해 페리호 침몰사고로 202명 사망, 1994년 10월 서울 한강에 성수대교 붕괴 사고로 32명 사망, 1995년도 삼풍백화점 붕괴 사고로 502명 사

망, 2003년 대구 지하철 화재로 사망 192명, 2010년 천안
함 사고로 40명 사망, 그리고 2012년 구미 국가산업 단지에
서 불산 누출 사고로 23명 사망, 유치원생 캠프 화재로 꼬물
꼬물한 어린아이들 사망, 노량진 하수구 수몰 사고로 7명 사
망, 경주 남사재 관광버스 참사로 노인 20여 명 사망, 2014년
봄 경주 오션 리조트 사고로 꽃 같은 신입 대학생 10명 사망
30명 부상, 2014년 5월 고양시 일산동구 고양 터미널 화재사
고로 7명 사망 41명 부상, 세월호 참사로 꽃다운 어린 고등학
생 300명 사망, 성남 환풍구 추락사고로 17명 사망 10명 부
상, 전남 담양군에서 억새풀 펜션 화재사고 등 마치 일과처럼
사건 사고가 줄줄이 일어나고 있다. 그밖에 군부대 헬리콥터
사고, 소방헬기 추락, 인재(人災)인 구의역 사고 등 수백 건의
안전사고는 돈 없는 서민들을 무시하고 갑질하는 풍조 때문
이다.

우리 국민 60~70%가 나쁜 것을 고칠 생각은 않고, 선진국
나라에 이민 가고 싶어 한단다.

우리 국가 어르신들의 자살률이 OECD 국가 중 1위라는 피
눈물 나는 현실에도 나라 살려낼 생각은 않고 자기가 최고 대
통령감이라며 너도나도 대통령만 해 먹으려고 가짜 군자 행세

하는 잠용들이 국민들을 실망시키고 있다.

최근 한국 결혼 정보회사의 설문조사에서 여성 10명 중 7명이 배우자의 학력을 결혼 우선 조건으로 꼽았다고 한다.

그래서 우리 사회는 대졸 학력 남성들이 나랏일 하면서 불법, 탈법, 부정과 속임수로 자기 주머니만 배 불리고 있다.

자유민주주의 주체를 정직하게 존속, 유지하려면 영어, 수학, 과학, 국어, 그 어떤 교육 과목보다도 조국을 사랑하고 국민을 존중하는 인성 과목이 우선되어야 할 것이다.

식당, 직장, 공원, 가게, 놀이터, 길거리, 전철 안에서도 배워야 할 인성교육이 너무 많다. 특히 가정의 인성교육은 평생교육이 되며 교육 중에 으뜸 교육은 자기 조국, 자기 부모와 이웃을 사랑하는 인성일 것이다.

나, 윤태경은 약 45년 전에 군 제대 후 외상 비행기 표와 빌린 돈 80불을 쥐고 미국행 비행기에 올랐다. 꿈 많던 초졸 청년이 그곳 미국에서 할 수 있는 일은 고작 페인트칠과 아파트 화장실 청소와 일용직이었다. 그렇게 40년을 보냈다.

그렇게 세월은 흘러서 70 고개에 조국에 와보니 서울 세상은 달라져 있었고 고국의 산천초목만 봐도 이밥 밥상처럼 감격해지고 진달래꽃만 봐도 옛 추억들이 아련해 왔다.

그것도 잠시뿐, 부조리와 불합리와 부딪치고 깨지고 도둑, 몬스터들이 우리 이웃을 기웃거리고 위법, 탈법, 퇴행적 행동들이 만연하고 빗나간 지하경제 등 범죄와 속임수들이 나의 조국을 더럽히고 있는 것을 보고 이 나라의 대통령이 되어 우리 국민들에게 좋은 문화 의식을 심어야겠다고 결심하게 되었다.

국가도 기업도 기술혁신이 없으면 살아남을 수 없다. 2000년에 핀란드기업 노키아가 세계 휴대전화 시장에서 70~80%를 점유했었다.

그렇게 탄탄했던 그 노키아는 지금 파산 몰락으로 이 지구에서 이름이 사라지고 있다. 이유가 뭘까?

미래를 읽지 못하고 기술혁신에서 낙오되었기 때문이다.

미래를 보지 못하는 대통령은 자기 임기 5년 성공만 바라는 짐승 대통령이다.

나, 청송남아 윤태경은 남의 대필(代筆) 없이 99.99% 국졸자인 내 생각으로 자서전을 쓰면 그 어떤 보석보다 값질 것이란 3가지 목표로 『멋진 대통령』, 『다음 대통령』이란 책을 내기로 했다.

첫 번째 목표는, 자서전을 펴내어 9살 때부터 내 어깨에 맞

춤 지게 지고 나무꾼으로 살아온 나, 윤태경의 이름을 세상 밖에 알리는 것이고,

두 번째 목표는, 우리 국가의 국민 리더가 되어 새로운 역사를 만드는 것이며,

세 번째 목표는, 남북한이 민족 통합하여 남쪽, 북쪽 국민들이 다 함께 모여 잘사는 부국강병 복지 나라를 건설하는 것이다.

남녀가 싸워서 여성이 이기면 선진국이고 힘센 남성이 이기면 후진국이다

남녀가 싸워서 약한 여성이 승리해야 선진국이지만 힘센 남성이 승리하면 후진국이다. 실내에 들어서면 모자를 벗는 것은 남성사회의 예절이지만, 여성은 실내든 실외든 모자를 벗지 않는다.

인간이 사는 이 지구 사회는 여-남 예절이 서로 구분된다.

신사 나라를 바라면 여성의 안전을 지켜주고 문화 의식과 국민성을 여성들 환경에 맞춰 나가야 한다.

유모차에 아기를 태우고 가는 여성이 길거리에서 담배 피우는 50대 남자에게 담배 예절을 가르친다고 훈계하자, 그 남자가 약한 여성의 뺨을 때린 사건이 있었다. 그런 행위는 후진국의 천한 문화로 선진 신사 나라에서는 용납할 수 없다.

사람 다니는 인도를 마치 자기 사유지처럼 막아 놓고 스피커 소리 고래고래 지르면서 스마트폰 장사하는 저질 상인들을 그냥 두고는 선진국으로 갈 수 없다.

한때는 모래사막에서 검은 석유가 펑펑 솟아나는 중동 국가들을 모든 나라들이 부러워했었다. 그런데 여성의 자유를 구속하는 것이 중동 국가들의 공통점이다.

여성은 자동차 운전도 못 하게 하고, 스포츠경기 관람도 못 하게 히잡으로 얼굴을 가리게 법령을 제도화했었다(중동 국가들을 폄하하려는 것 아니다).

중동 국가의 부호 자식들은 검은 원유 덕에 금수저 물고 태어나서 미국 대학에 유학하면서 수십억짜리 스포츠카를 경내에 주차해놓고 공부하는 모습들이 언론에 비쳤었지만, 머지않아 모래사막 나라들의 호화로운 수명이 끝나가고 있으며 미래는 우리 아시안들을 부러워하는 새로운 문화 세상이 찾아올 것이다.

우리 남정네들이 여성의 안전을 지켜주기 위해 불침번이 되어야 하며 기업체에 기혼여성들의 출퇴근을 줄이기 위해 재택

근무 제도를 할 수 있는 데까지 시행해야 할 것이다.

2500년 전 중국 춘추시대 때, 공자(孔子)가 남자가 아니고 공여(孔女)였다면 지금쯤 우리 대한민국은 미국 영국을 능가하는 여성우월 신사 나라가 되어 있을 것이다.

세계는 지금 온통 할멈들의 세상이다. 힐러리 클린턴, 엘리자베스 워렌, 재닛 옐런, 아웅산 수치, 앙겔라 메르켈, 루스 베이더 긴즈버그, 크리스틴 라가르드 등 미국, 유럽, 아시아를 가리지 않고 할머니들이 두각을 나타내고 있다.

안희정 충남 지사는 여성 경제인 아카데미에 참석한 자리에서 우리 경제의 재도약 원천은 여성이라고 했다.

얼마 전 연휴 때, 부천 남부역 마루 광장에 있는 사각 벤치 중에서 나는 오른쪽 2번 벤치에 앉았고, 4살쯤 되어 보이는 여자아이와 그의 엄마 아빠가 1번 벤치에 앉아 있었다. 그 여자아이가 광장 가운데서 비둘기, 강아지와 뛰어놀다가 착각하여 내가 앉아 있는 2번 벤치로 돌아와서는 한 사람, 한 사람씩 사각 벤치를 돌면서 부모를 찾는 것이다. 아무리 찾아도 자기 엄마 아빠의 얼굴이 없으니까 벤치 가로등 뒤에 숨어서 나를 보고 소리 없이 눈물만 뚝뚝 흘리고 있기에, "너 왜 우니?" 하고 물었더니. 그 아이는 "엄마 아빠가 나를 버리고 가

버렸어요." 하더라.

뒤를 가리키며 네 엄마 아빠 저기 뒤에 앉아 있네 했더니, 그제야 큰 소리로 '아앙!' 하고 그쪽으로 달려가더라.

남자와 여자는 태어날 때부터 다르다. 여자는 숨어서 우는 내성적 성향이고 남자는 산이 울릴 정도로 크게 우는 외향적 성향이다.

YTN 캐수다 프로그램에서 차현주 기상캐스터는 시골에서 자라면서 설날 부모님께 세배 올리고 세뱃돈 받을 때 자기 밑 남동생은 남자라서 1만 원 주고 자기는 누난데도 여자라서 5천 원만 주더라고 했다.

차현주 양, 아자 아자 화이팅!

경제 협력기구 OECD 국가 중 한국은 여성 차별이 28위로 회원국 중 꼴찌라는 서글픈 얘기가 들린다.

젊은 여성들은 옷값, 화장품값, 액세서리, 소모품 등 용돈이 많이 필요한데도 우리 보수 부모님들은 맛있는 음식도 아들 먼저, 용돈도 아들 먼저다. 남성 권위주의 때문에 우리 국가의 여성들은 가정, 학교, 직장, 언론, 방송국에서까지 불이익을 받고 있다.

중국 윈난 성 지방에는 첩첩산중 천해의 자연과 기암괴석

바위 숲이 장관을 이루고 있는 루구후 호수가 있다. 그 주변
에 터를 잡고 아름다운 강산을 배경으로 살아가는 자연인 전
통 부족 모수인(母樹人)의 딸과 결혼하려면, 3년 간 여성 집
에서 머슴살이하면서 3년을 장모 눈에 들어야 한다.

달처럼 별처럼 당신이 아름다워서 당신의 명령에 따르겠다
고 중국 남편들이 모수인(엄마 나무) 아내에게 한 말이다.

여성의 난자는 태어날 때부터 이미 평생 쓸 양이 만들어져 있
다고 한다. 그리고 50년이 넘은 고령 난자의 세포는 건강한 아
이를 만들지도 못하고, 어느 순간 폐경기가 찾아온다고 한다.

남자들은 나이 먹으면 게으름이 찾아와서 요지부동하면서
나랏돈이나 해 먹고 오래오래 편히 살려고 갖가지 부정한 방
법을 쓰는 반면, 여성은 폐경기의 영향으로 남자들을 능가하
는 욕망이 생긴다고 하며 이것이 할머니 세상이 되는 이유인
지 모른다.

여성의 몸은 3가지 보배로 되어 있다.

첫째, 머리끝에서 발끝까지 아름다움의 보배요.

둘째, 2세를 낳아서 인류를 즐겁게 해주는 보배요.

셋째, 폐경기의 진화로 불로장생이 찾아오는 보배이다.

여성의 몸은 생리통, 자궁암 등 남정네들보다 조건이 나쁘

지만, 그럼에도 5~10년은 남자보다 여성이 오래 산다고 한다.

서울 모 여대에서 정보방송학과를 졸업하고 26세 청춘에 120곳 공기업, 중견기업 가리지 않고 서류지원 했지만, 서류 전형에서(여자라서) 다 불합격 통보받았다고 한다.

서울 모 여대에서 정보방송학과를 졸업하고 26세 청춘에 120곳 공기업, 중견기업 가리지 않고 서류지원 했지만, 서류 전형에서 다 불합격 통보받았다고 한다.

또, 서울대 인문계열 재학생인 모 26세 여성 역시 학점 3.64, 토익 950점, HSK(중국어능력시험) 6등급을 받았지만, 대기업 27곳을 지원했는데 서류 전형에서 8곳에 합격한 곳도 전형 과정에서 모두 떨어졌다고 한다.

2015년 5월 25일 자 뉴스에서 경기도 부천시 원미구의 한 아파트에 사는 28, 29, 31세 세 자매가 실직으로 인한 생활고로 자살한 사건이 보도되었다. 참 안쓰럽다. 만약 그들이 정상 결혼을 해서 가정을 꾸렸다면 최소 10명 이상 인구 증산이 되었을 것이고, 이 중에 훌륭한 인재들을 얻을 수도 있었을 것이 아닌가?

남성보다 여성 인구가 더 많은데도 여성을 외국에서 수입해 오는 불합리 사회에서 벗어나야 한다.

여성의 몸은 남자와 다르다. 자궁이라는 특수기관이 있어 생리와 임신을 하며 아이를 낳아서 그로 인해 가정에 행복을 이어주는 귀한 여성의 몸이기에 이 세상 최고의 존엄으로 우월 받는 것은 당연하다.

여성은 내적으로는 감성이 풍부하여 눈물과 시샘과 내숭과 사랑이 많아서, 기뻐도 울고 슬퍼도 울고 좋아도 우는 것이 특성이다.

우리나라 남성 책임자들은 여성 입사 초년생에게 전화 당번, 화장실 청소 당번, 커피잔 나르게 하며 여성을 몸종 부리듯 하는 남성권위 본성을 바꿔야 한다.

어느 관공서를 가봐도 새로 들어온 신입 여사원이 앞자리에 앉아서 전화 당번을 하면서 3~4명을 건너뛰어야 원하는 전화 상담을 받을 수 있다. 이러한 계단사회, 계급사회 구조를 청산할 때가 왔다.

20~30년 된 부장, 팀장 간부들이 여성 신입 여사원 앞에 커피잔 날라주는 그런 새 세상이 와야 한다.

3사관 장교학교에서 여생도 20명을 뽑는데, 무려 1,000명의 여성이 지원했다고 한다.

여성은 누구인가? 신은 너와 함께 있어 줄 시간이 없어 너희 엄마를 보낸다고 했다.

이 말 한마디로 어머니의 위대한 모성애 가치를 짐작하게 한다.

우리 국민 51%가 여성이고, 세계인구 36억 명이 여성이다. 그래서 여성 우선 시대는 당연히 와야 하며, 선진국을 가려면 여성우월 사회를 구축하고 그 안에서 부국강병을 찾아가야 나라가 우량해질 것이다.

삶의 애착과 아름다운 미소가 넘치는, 감성과 미학의 여성 나라를 세워서 양심과 정의가 살아 숨 쉬는 새 나라를 만들자!

현재 미국의 여성 CEO가 18%, 프랑스가 여성 CEO 비율이 30%인 것과 비교해, 일본과 우리나라의 여성 CEO 숫자는 1~2%에 불과하다.

영국에 마가렛 대처 수상, 구동독 출신 독일 여성 수상, 태국에 여성 총리, 칠레와 브라질의 여성 대통령, 그리고 우리 한국의 박근혜 대통령도 국민 앞에 당당하게 지도자로 선택받았으며, GM자동차에 최고 경영자도 여성이다. 여성이란 이름이 헛되지 않게 여성 명불허전(女性 名不虛傳) 시대를 열 것이다.

우리 한국 여성은 위대하다. 착하고, 예쁘고, 멋쟁이고, 옷 잘 입고, 일 잘하는 명품 중 명품이다. 그래서 22세기가 되면 우리 한국 여성들이 세계 도처에서 지도자로 진두지휘할 것으로 나는 확신하고 있다.

우리 남성들은 5,000년 동안 우월주의 영광을 누렸었다. 이제는 그 권위를 여성들에게 양보해야 할 때이다.

대한민국이 선진 문화국이 되려면 여성을 안전하게 특별 보호 조치해야 할 것이다.

우리 선조들이 만든 한복은 양반들과 선비용 예복이며, 노동자와 군사용 복장은 아니다.

한복 바지에 허리띠 구멍 내는 아주 간단한 지혜만 있었더라면 임진왜란은 없었을 것이며, 설령 외적이 쳐들어왔어도 우리가 이겼을 것이다.

남정네 한복 바지가 1~2분 간격으로 슬며시 벗겨져 내려오는 이상스러운 바지 허리 한 손으로 잡고 한 손으로 칼을 들었으니 백전백패할 수밖에 없었을 것이다.

임진왜란은 우리 조선의 역사를 한참 후퇴시켰으며 흙탕물 역사 속으로 밀어 넣은, 굴욕 민족을 만든 희대의 치욕적 사건이다.

우리 민족은 임진왜란 때부터 본래의 좋은 민족성을 잃었으며, 서로 자기 동족 잡아먹는 습성이 싹트기 시작하여 우리 민족끼리 거짓말과 사기성, 속임수, 욕설, 양심까지 팔면서 갖가지 나쁜 수단 방법과 안전수칙을 무시하고 자기 가족만 편히 살 궁리를 하며 패륜 민족성으로 바뀌고 있다.

문화는 그 나라의 지혜이고 예절은 사회적 지식이다

우리 국토의 심장부인 중남부 지방에 인공 운하와 코리아요요, 한류 문화수도를 건설하고 슈퍼 교육, 슈퍼 문화국가를 세울 것이다.

문화는 쇼 케이스 안에 디스플레이만 해놓으면 자동으로 팔리는 머천다이징(merchandising) 요소다.

중국은 2020년도에 순수 외국인 관광객 유치 1억 명 목표로 관광 인바운드 세계 1위 국가를 꿈꾼다고 한다.

유신정권 말기 때, 영국의 어느 신문 기자는 한국을 빗대어 "쓰레기통에서도 장미꽃이 피겠는가?"라고 했다.

그런데 반세기도 되기 전에 영국 총리인 데이비드 캐머런

(David camerun) 씨는 대한민국을 등불 같은 존재라고 극찬했지만, 우리는 그 칭찬에 취해서는 안 된다.

나는 쓰레기통에서 황금 장미꽃이 만발하도록 천년미래(千年未來)의 문화 밑그림을 아름답게 그려서 조국 대한민국을 세계의 꽃으로 승화시킬 준비를 하고 있다.

스위스는 총 850만 명 인구에 15명의 노벨 과학자를 낳았으며, 인구 9명 중 1명은 백만장자라고 한다.

또 우리가 눈여겨볼 예술의 나라가 바로 오스트리아 (Austria)다.

오스트리아는 이승만 대통령의 처가이며 부인 프란체스카 여사의 고국이자 모차르트의 조국이다.

한때는 공산국가로 베일 속에 싸여있었던 인구 약 800만 명의 작은 나라 오스트리아가 세계 어느 나라들도 따라갈 수 없는 독창적 문화와 예술의 혼과 첨단 하이테크 기술을 기업에 융합하여 세계 최고의 부국을 꿈꾸고 있다.

싱가포르는 나의 롤모델 국가다. 인구 2억 5천만의 말레이시아라는 큰 나라 속에 서울 크기 면적에 불과한 작은 나라 싱가포르가 자리하고 있다. 전체인구는 550만 명이다. 그러나 결코 얕잡아볼 나라가 아니다. 작은 고추가 맵다는 말이 있듯이, 미국 샌디에이고와 텍사스, 호주 퀸즐랜드, 프랑스 카조, 그리고 대만에까지 싱가포르 공군 비행훈련장이 있을 정도로 공군 군사 대국이다.

싱가포르의 이런 성장배경에는 후손을 위하는 미래의 철학 가진 지도자가 있었기 때문이다.

그리고 세인들이 익히 알고 있는 아라비아반도 서쪽, 아랍 틈에 끼어있는 작은 나라 이스라엘은 건국 60년밖에 안 되었지만 육해공군 군사 대국이다.

모든 사물은 서로서로 연결되어 융합할 때 그 가치를 창조해낸다.

하늘에 구름은 어떻게 만들어지고 연결되나? 땅의 수증기가 대기권에 올라가서 공기의 흐름이 구름을 만들고, 바람의 작용으로 구름을 이동시켜 모아서 천둥과 우뢰의 기우를 만들고 비나 눈이 오게 하는 것으로 알고 있다.

미국의 불모지 네바다 사막 라스베이거스에 휘황찬란한 카지노 환락가 도시를 세운 사람은 이름 없는 한낱 마피아 건달 벅시 벤자민 시걸(Bugsy Benjamin Siegal)이다.

불모지 네바다 사막 가운데에 도박 도시를 세워서 네바다 사막 주민들을 먹여 살릴 생각을 한 벤자민 시걸의 철학과 배

짱, 도박 같은 도전정신이 투자되어서 지금의 라스베이거스가 탄생했으며, 전 세계인들이 볼거리와 즐길 거리, 그리고 인위적 문화관광을 위해 라스베이거스를 찾아오고 있다.

60~70년 전의 망치 창업 정신으로는 22세기 시장을 선점할 수 없다.

경상남도는 격동기 역사에서 만인의 심금을 울렸던 애수의 소야곡 남인수 씨가 태어난 진주시가 있다.

진주시는 남강이 흐르고 남강의 전통과 얼을 후손들에게 길이길이 계승, 발전시킬 필요가 있다.

촉성루와 논개(論介) 사당과 논개가 일본군 로쿠스케 왜장을 열 가락지 손으로 꽉 껴안고 강물 속으로 투신했다는 의암 논개 바위가 있다.

나는 지리산 노고단 옛 천주교 수양관의 역사 있는 석축돌 울타리를 다른 곳으로 옮겨 복원하더라도 대학생 여름 캠프장을 만들고 싶다. 대학생들의 몸과 마음 수련과 명상 독서 사색 힐링 등 '도화원기(桃花源記)' 청년 휴양림을 개관하고 (200~300개 룸) 여름 쉼터를 만들어, 길게는 5일 동안 남녀 대학생들에게 무료 숙박, 숙식을 제공하고 대학졸업반 학생들을 위해 매월 1회씩 열사 리더십 멘토 강의시간을 마련하여 우리 대학생들이 훌륭한 사회인으로 성장할 수 있게 만들 것이다.

사계절이 있는 우리 국토의 관광 문화의 이점을 최대 최고로 살릴 것이며 대구광역시와 코리아요요 한류 문화수도를 경유하는 관광 유람선이 다니는 운하 건설로 외국인 관광객 1억 명 시대를 현실화할 것이다.

충청북도 청주시 청남대로 대통령궁(현 청와대)을 옮긴다면 최소의 재정으로 최고의 가치를 낼 수 있을 것이다.

건설비는 현 청와대와 국회 의사당 건물 부지를 경매에 올리면 그 상징성 때문에 만만찮은 수입을 얻을 수 있고, 거의 추가 재정의 부담 없이도 새 대통령궁과 새 국회의사당을 멋지게 세울 수 있을 것이다. 그리고 충청남도 연기군에 있는 정부세종청사의 업무효능에 맞춰 청와대와 국회 의사당을 가까운 청주시 청남대로 옮기는 것이 후손 세대를 위해 필요할 것이다.

우리 국가의 경제와 국격을 감안할 때. 코리아 디즈니월드, 스포츠 테마파크 건설은 절대적으로 필요하다.

국토의 중앙인 상주 황간 지역에 디즈니월드를 건설하든지,

아니면 고속도로와 외진 곳이더라도 남서쪽으로 내려와서 금산, 무주, 진안 부근도 고려해볼 수 있을 것이다.

문화수도와 디즈니랜드는 중남부 지방에 건설되어야 관광 파급 효과를 극대화할 수 있을 것이다.

나는 초등학교만 졸업한 사람도 공무원이 될 수 있게 국민 눈높이 사회를 도입, 시행하는 공무원 시험 전환을 생각하고 있으며 유치원 교사들이 국가 9급 공무원으로 자동 승계할 수 있게 유치원 보육 법령을 만들어서 유치원 교사로 40개월 근속. 재직 중 아이들 때리지 않고 사랑으로 성실히 근무를 마치면 9급 공무원 자격증을 얻게 하는 제도를 검토 중이다.

아이들의 학습과 성장발육에 부모 이상으로 유치원 선생님들의 지도가 필요하므로 유치원, 보육교사 채용 기준부터 마련해서 원장의 권한과 차별대우가 남발하지 않도록 보육교사들의 처우를 특별 개선해나갈 것이다.

싱가포르는 국민 75~80%가 중국계지만 중국어(한문)를 버리고 영어를 택했다.

또, 싱가포르는 술에 취해 행패를 부리거나 소매치기, 사기꾼, 도둑질, 성추행 등 범죄를 저지르면 곧장 체벌형을 내려 질서를 유지하고 있다.

5천만 국민 80%가 하루 벌어 하루 생활하는 일일 생계형인 대한민국은 취객들을 곤장 체벌로 다스리면 '일주일~한 달씩' 노동일을 못 하게 되어 사회적인 문제가 생긴다.

곤장 체벌을 하고 싶어도 우리는 실용화할 수 없다. 나라마다 얼굴판이 다르고 법과 사회 치안 질서가 다르고 문화가 서로 다르다.

젊은 청춘들에게 민속 명절 문화인 칠월칠석, 음력 7월 7일을 민속 공휴일로 정할 것이다.

칠월칠석은 견우(牽牛)는 소치는 목동이었고 직녀(織女)는 베 짜는 여인이다. 이들 천민이 서로 사랑을 하면서 맡은 일을 게을리하여 옥황상제가 노하여 1년에 한 번씩 7월 7일 만나게 명령했으며, 은하수 동쪽과 서쪽에서 까치와 까마귀가 오작교(烏鵲橋) 다리를 놓아서 칠월칠석날 견우, 직녀가 만남의 시간을 갖게 되었단다.

우리 전통문화인 칠월칠석은 서양의 밸런타인데이와 비교할 수 없을 만큼 아름답고 고귀하고 달콤하고 애절한 날이다.

이렇게 값진 전통 우리 문화를 두고 서양문화 밸런타인데이에 묻혀서는 안 된다. 5천만 국민이 다 함께 즐길 수 있게 민속 공휴일로 발굴하여 우리 젊은 연인들이 오래오래 기억할 수 있게 해야 할 것이다.

이슬람의 뜻은 평온이란다. 그런데 지금 이슬람 문화권의 삶은 지옥이라고 해야 옳을 것이다.

지구 세계에 문화는 이처럼 시시각각 변하는데, 우리 정부의 문화 개발은 뒷걸음질하고 있다.

나는 배운 것 없고 잘하는 것이 없으니 내가 생각할 수 있는 것은 후손들의 삶이 즐겁고 행복할 멋진 문화그림을 설계하고 있다.

이제 우리 국민들은 대졸 대통령과 초졸 노동자 대통령의 쓴맛, 단맛의 차이를 맛볼 때가 왔다.

지중해의 보석이라고 하는 몰타 공화국은 영국의 식민지 시절에 시장 하나 건설할 형편이 못 되어 영국에서 시장 건축물을 만들어 배로 싣고 몰타까지 와서 소, 말, 당나귀 등으로 자재들을 운반하여 꿀, 기념품, 티셔츠, 수공예품을 파는 시장을 조립했다고 한다.

현재 몰타는 16세기의 중세 유럽의 어느 나라를 옮겨놓은 것 같아서 방문객들이 그 매력에 흠뻑 빠지곤 한단다.

남의 나라 것을 모방하려면 몰타처럼 가치 있게 카피해야
할 것이다.

우리 국가 GDP, 즉 국민 생산 지표 3만 달러 시대를 눈앞
에 두고 있지만, 프랑스, 이탈리아, 영국, 스페인, 독일, 포르
투갈의 유럽문화에 매료되어 외국인 관광객들은 한국은 외면
하고 유럽 국가에만 몰린다.

세계를 움직이는 미래의 무기는 힘센 권력자가 아니고, 망
치 경공업이 아니고, 멋진 문화관광 예술이 될 것이며 지금
전 세계에 굴뚝 없는 문화관광 무공해 전쟁이 일어나고 있다.

22세기 시대에서 승리하려면 문화, 관광. 예술에 아낌없이
투자해야 할 것이다.

선진국도 국민이 만들고 후진국도 국민이 만든다. 오늘의
고뇌와 창조가 없으면 내일의 영광은 결코 올 수 없다.

나는 선친으로부터 공부하라는 소리 들은 기억은 없지만,
타고난 한국적 선비 정신이 몸에 배어 일생을 말단 노동자로
살면서 내 가슴속에는 역사를 바꿀 큰 꿈이 항상 꿈틀대고
있었다.

이탈리아 예술가들은 15~16세기에 화가, 조각가, 건축가의
부활을 예고했으며, 하여 지금 세계 최고의 문화 예술 나라가

되었다. 18세기에 나온 프랑스 사전에는 예술과 학문이 꽃피는 문화시대를 예고, 서술하면서 르네상스(Renaissance)란 말을 사용했으며 르네상스는 '부활'이라는 의미가 있다.

부활이란 단어는 천 번 만 번 읊어도 싫증 나지 않는 우리들 삶에 꼭 필요한 말이다.

과일과 식물이 신 내린 진주라면, 코리아요요 학생 문화수도는 하늘이 내린 부활. 보석이 될 것이다.

코리아요요 한류 문화수도를 건설하여 세계 교육 박람회, 세계 IT 박람회, 국제 세미나, 피파 월드컵, 스포츠 올림픽 등. 세계대회를 유치하여 대한민국의 문화와 국위 위상을 전 세계에 알려야 한다.

나 개인의 취향은 화려함보다는 고고한 무늬를 좋아하지만, 그러나 문화수도 건설은 전 세계인들이 좋아하는 스페인에 안토니오 가우디 건축물의 모자이크 기법의 화려한 디자인을 접목시켜 세계 74억 명의 감성적인 박수갈채를 받고 싶다.

중동의 뿌리종교인 이슬람 사원 대부분은 모자이크 장식 기법이다.

코리아요요 한류 문화도시는 유럽과 중동 국가들에게 친근감을 열어주는 열린 문화가 되어야만 성공할 수 있을 것이다.

문화수도 건설이 현실화되면 스페인에 가우디 건축가의 모자이크 디자인을 공공건물, 길바닥, 계단, 공원 할 것 없이 모자이크 공법을 도입해서 아름다움과 예술성을 극대화할 것이며 유럽 예술 문화의 찬란함을 얻을 수만 있다면, 하늘에 뜬 구름도 붙잡고 싶다.

대한민국의 전반전은 한강의 경제 기적을 이루었지만, 후반전은 중부 지방에 교육문화 기적을 이루어 낼 차례이다.

탄탄한 시나리오를 바탕으로 만들어진 영화는 실패할 수 없는 것처럼 남의 나라들이 감히 따라올 수 없게 기상천외한 코리아요요 학생 문화수도를 건설하여 다음 후손들이 행복한 삶을 영위할 수 있게 할 것이다.

우리 민족의 영광을 위해. 후손들의 행복을 위해 선조인 우리들이 무엇을 해야 하며 무엇을 유산해야 하는지를 가슴에 두 손 모으고 생각해보자.

한류 문화와 교육의 틀을 튼튼히 다져서 전 세계인들이 우리 문화에 매혹되어 우리 땅을 계속하여 찾아오게 다이나믹 코리아를 건설하자.

전 세계인들이 한 번 들으면 평생 기억할 수 있게 '코리아'에 회유성 '요요'를 넣었다.

'코리아요요-한류문화수도'는 대학 청춘들뿐만 아니라 어린 아이부터 90살 노인에까지 끼와 개성과 예술성을 열어주어 남녀노소가 함께 즐기는 교육, 문화, 예술 마당이 되어 천 년 후손들이 행복하고 배부르게 잘살 수 있게 될 것이다.

1979년 10월, 박정희 전 대통령은 산업 근대화에 기여한 건설 유공자들을 표창하는 자리에서 국토효용 극대화와 짜임새 있는 개발이 우리의 미래라고 했다.

박정희 전 대통령이 말한 국토 짜임새는 지금 신식 말로 하면 '문화 공동체 사회'일 것이다.

문화 예술이란, 전 세계인들이 함께 참여하고 즐기는 공동체 일러스트이다.

박정희 전 대통령은 우리 국민에 건전한 사상과 국방의 유비무환을 가르쳐 주었고, 문맹사상, 부자사상, 그리고 교육과 문화 의식을 가르쳐준 큰 지도자이다.

박정희 전 대통령은 육군 정보국 문관(대위계급 정도)시절인 1950년에 군 연말 종합 적정 판단서에 북한군의 남침 징후(6·25 전쟁)를 상세히 기록했지만, 당시 우리 군 수뇌부들은 이것을 묵살해 버렸단다.

박정희 전 대통령은 6·25전쟁 6~7개월 전에 이미 오랑캐 적들의 남침을 알았지만, 계급이 낮아서 민족의 비극인 6·25 전쟁을 막지 못했다고 저술했다.

　그리고 1950년 6월 25일 새벽 5시, 국영 KBS 라디오 방송국에서 위진록 아나운서는 "지금 북한군이 38 경계선을 넘어 전면 전쟁을 해오고 있지만, 국민 여러분들은 안심하십시오. 우리 국군은 건재합니다."라고 말했다고 한다.

　그런데 건재하다던 우리 국군은 중부 전선 곳곳에서 지휘관 대다수는 도망가고 우왕좌왕, 마치 세월호 지도부처럼 죄 없는 말단 사병들만 희생되었으며 일진일퇴를 거듭하다가 1분 1초가 급한 골든타임을 허무하게 놓쳤으며 결국, 한강을 넘어 낙동강 하류까지 북한군에 밀려서 민족의 비극인, 뼈아픈 6·25의 분통 역사가 장장 3년간 지속되었다.

　군부 지휘부의 안이한 판단 때문에 6.25의 민족 비극이 일어났으며. 조정의 당파 싸움 때문에 일본에 36년간 나라를 빼앗겼었다.

　그런데 아직도 일부 개똥 국민들은 정신을 못 차리고 빈손 미꾸라지 잠룡에게 맹목적인 국운대길을 바라는 철부지 생각을 하고 있다는 것이 부끄럽고 한심하다.

나, 윤태경은 천기(天氣)를 조작해서라도 21세기 최고의 코리아요요 학생 문화 한류 도시를 국토 중심부인 충청북도와 전라북도와 경상북도가 합쳐진 김천 삼도봉 인근에 건설해서 세계인의 눈을 놀라게 할 것이다.

지성의 상징은 미국.

신사의 상징은 영국.

문화와 예술의 상징은 프랑스.

명품 브랜드의 상징은 이탈리아.

그런데 대한민국을 대표하는 상징성은 숭례문과 남산 정도이다.

나는 우리 교육과 우리 문화의 상징성 '코리아요요'를 세계인 머릿속에 꽁꽁 심어놓고 싶다.

그리고 '코리아요요'의 1차 부지 선정을 김천 지방으로 설정한 것도 그럴만한 이유가 있다.

과거 왕궁이나 국가의 수도를 건설할 때는 교통, 환경, 개발 등의 파급 효과를 감안했으며, 이것을 두고 지방 정부들끼리 유치 경쟁 수단으로 이용하려면 나라 발전할 수 없다.

영국에 BBC가 2014년에 선정한 '죽기 전에 꼭 가봐야 할 곳.'

제1위가 신의 작품 미국 그랜드캐니언이며,

제2위는 호주에 해안절벽 그레이트 배리어 리프이고,

제3위부터 20위까지가 모두 인공으로 건설된 운하와 주상 절리 나라들이다.

미국의 인공낙원 디즈니랜드, 뉴질랜드의 「반지의 제왕」 촬영지를 이어 제5위는 남아프리카 케이프타운, 제6위는 인도 황금사원, 제7위가 환락가 라스베이거스, 그리고 인공문화로 개조한 두바이며, 제20위가 중국 만리장성이다.

우리 문화재인 경복궁 창경궁 경회루 등은 아주 멋지고 아름답다. 그러나 이것은 우리 문화니까 동양적인 생각이며, 북미 유럽 관광인구의 대부분인 한국은 볼거리 부족으로 다시 찾을 생각이 없다고 한다.

1962년 박정희 전 대통령이 경제개발 5개년 계획을 시작하면서 단행한 화폐 개혁할 당시에 우리 화폐단위를 좀 더 낮췄더라면, 우리 경제는 지금쯤 더 힘찬 엔진이 돌고 있을 것이다.

미화 1달러에 1000 대 1. 그 이상 계산하려면 번거로울 뿐 아니라 우리 국격에도 맞지 않으며, 또 관광 인파의 화폐 심리도 고려할 필요가 있다고 생각한다.

코리아요요 문화 광장 안에 20만 석 규모 메인스타디움에서 피파 월드컵 아트 축제가 열려서 전 세계 74억 명의 눈을 사로잡을 그 날의 힘찬 감동을 생각하고 있다.

KBS 드라마 『징비록』에서 실의에 빠진 영상 류성룡에게 충무공 이순신이 건넨 4글자는 재조 산하(再造山河) '강산을 다시 만든다'는 뜻이다.

「아름다운 강산」의 가사는 이렇다.

우리는 이 땅 위에 우리는 태어나고 / 아름다운 이곳에 자랑스러운 이곳에 살리라 / 찬란하게 빛나는 붉은 태양이 비추고 / 파란 물결 넘치는 저 바다와 함께 있네 / 그 얼마나 좋은가 이곳에 / 사랑하는 그대와 노래하리라.

우리 국토 70%가 산이고 삼면이 바다며 사계절이 있고 20여 개 국립공원이 있다는 것은 축복받은 선대의 유산이다. 대지 위의 자연과 만물이 생존하는 것은 신의 축복이며, 멋진 봄의 자양분이고 또 다른 소생의 창조이다.

산에 등산 가서 무위자연(無爲自然)을 거스르는 산천 강산 망가뜨리는 부끄러운 행동을 후손에게 물려줘서는 안 될 것이다.

돈이 많아 일 안 하고 산에 올라가서 조난당하는 사람들을 공짜로 헬리콥터 띄워서 구조해 주는 지방 정부는 섬기는 것 아니다.

가난한 국민들은 히말라야 고산에 가서 죽으려 해도 돈 없어 못 죽는다. 히말라야 고봉 설산에 등반하다가 죽는 것은 애국자도 아니고, 가문의 영광도, 국위선양도 아니며 그냥 돈이 많아서 타국에서 개죽음하는 것에 불과하다.

산림의 공익적 이익은 약 110조 원이며, 우리 국민 한 사람당 215만 원의 산림복지 혜택을 누린다고 한다.

영하 10~20도의 겨울 추위가 3개월, 봄이 3개월, 여름이 3개월, 가을이 3개월로 되어 있는 우리나라의 사계절은 남미 국가들에게는 없는 우리만의 축복이다.

푸른 산림과 아름다운 웰빙 보석을 잘 가꾸고 보존해서 후손 세대에 물려줘야 한다. 인간의 행복 조건은 학벌 좋고 돈 많이 벌어 놀고먹는 식충이가 아니고, 꽃피고 새소리 물소리 나는 아름다운 자연이다.

경기도 포천에 수목원을 만드는 조상호 씨는 마누라 자식 빼고 다 팔아서 20만 평 넓이의 수목원을 조성 중이란다. 바람 소리, 새소리, 물소리에 귀 기울이며 풀잎의 향기도 맡아보고, 흰 구름에 마음을 실어 밤하늘에 별을 세어보며 삼라만상 자연의 여유를 즐기는 것이 우리 인간에게는 큰 선물이다.

전 세계 외국인 관광객 1억 명을 넘긴 곳은 프랑스 파리, 이태리 밀라노, 미국의 라스베이거스가 아니다. 터키 이스탄불에 있는 재래식 돔 시장인 그랜드 바자르이다. 이곳은 오스만 제국 때 술탄 마호메트 2세가 1455년에 세계 최초로 세운 백화점이다.

1500년대에 인도와 중국이 아시아 경제교역의 중심이었을 그때, 터키인들이 수백 년 뒤 후손들을 머릿속에 그리면서 엄청난 투자재정으로 365일 오픈하는 돔 시장을 세웠다는 것은 기적으로밖에 상상이 안 된다.

터키공화국은 인구 약 1억 명에 가까우며 가장 가난한 나라에서 가장 부유한 나라에 속할 만큼 성장했다. 그랜드 바자르 이후 약 500년, 그들의 후손들은 지금 조상 덕에 밥걱정 없이 관광 인파에 묻혀 잘살고 있다.

정주영 씨는 1915년 북한 통천군 송전 면에서 태어나 소 한 마리 판 돈 40원을 들고 남한에 와서 미곡상 일을 하며 현대자동차 공업사를 설립했다. 이후 현대건설 대표와 현대상운 설립, 현대조선 설립 등 끝없이 창업을 이어서 오늘날 굴지의 기업의 신화를 이룬 분이다.

삼성 창업주 이병철 씨는 1910년 경남 선영군 정곡면에서 비교적 유복한 농가에서 태어나 일본 유학길에 연락선을 타게 되었고, 일본 도착 후 순사들에게서 조선인으로 차별 대우를 당했다. 나라 잃은 한이 맺혀 와세다 대학을 2년 다니다 중퇴하고 홀연히 한국에 돌아와 정미소와 운수업을 시작, 직물공장을 설립하면서 제일모직의 명성을 얻게 되었고 그 후에 전자산업으로 사업을 확장하고 반도체 사업에 착수하면서 명실상부한 삼성 기업의 간판을 달게 된 시작이 되었다고 한다.

미국에 마이크로소프트 사는 1970년대에 직원 38명으로 창업하여 손 조립으로 800만 달러의 매출을 올렸으며, 2000년대에는 직원 수가 3만 명으로 늘었고 총 주식의 가치는 3,620억 달러로 원만한 국가의 총생산량 정도로 성장했었다.

먼저 보고 먼저 쏴야 적을 죽일 수 있다는 이 말은 군대 제대한 사람이면 누구나 다 알고 있을 것이다.

우리 군 별판 지휘부는 거룩한 이 말까지 망각하고 6·25전쟁 때. 늑장 대응과 해이한 군인정신 때문에 수도 서울을 공산군에 넘겨주고 말았다. 그리고 대전, 대구까지 후퇴를 거듭했다.

우리 군 지휘부가 왜 그때 하늘에 벼락 맞지 않았을까…?

선조가 해괴망측하면 대처능력 없는 괴이한 후손이 태어나며, 군 지휘관이 멍청하면 동료 잡아먹는 오랑캐 군인이 태어난다는 뜻이다.

방송 기자클럽 토론회에서 박원순 서울시장은 속도보다는 방향이라 했다.

그렇다. 빠른 속도는 중요하지 않다. 견고한 경제, 밝은 미래, 의미 있는 성장과 준비된 개발 디렉션(Direction)이 지금 우리에게 필요하다.

준비된 도표 없이 망망대해를 향해 시작하는 것은 죽으러 가는 길이다.

K팝 음악, 드라마, 영화, 영상 등 우리 한류 문화가 오랫동안 지속하고, 보다 멋있게 자리 잡으려면 동서운하와 학생 문화수도를 건설해야 한다.

토마스 에디슨은 여덟 살 때 초등학교에 들어갔지만, 석 달 만에 학교를 그만둔 무학자로 미국 특허 약 천여 개와 영국, 독일, 프랑스 등 세계 각국에 특허를 보유한 발명왕이 됐다.

60~70년 뒤처진 아득하고 암담한 우주과학 연구에 국력과 국고 낭비하지 말고, 남들에게 없는 코리아요요 교육 문화수도를 건설해서 하계 올림픽 백 배, 천 배로 국격 상승할 수 있

는 가치 있는 그림을 그려내자!

중동 국가들의 자본은 검은 모래사막에서 펑펑 솟아오르는 석유가 있으며, 아프리카 인들에게는 무궁무진한 지하자원이 있다.

미국은 실리콘밸리의 첨단기술력과 라스베이거스에 도박 환락가와 하늘이 내려준 천혜의 그랜드캐니언이 있다.

프랑스는 파리 시가지와 개선문, 그리고 에펠 타워 등 도시 전체가 박물관이다. 그래서 프랑스는 세계 최고의 문화도시이다. 이탈리아에는 밀라노 명품거리와 수도 로마 바티칸 교황청이 있다.

스위스는 알프스 산맥의 보석 융프라우와 로렉스, 오메가를 제조하는 세계 시계 브랜드가 있다.

러시아에 발레 춤은 세계 브랜드로 이름이 잘 알려져 있다.

중국은 만리장성과 무릉도원 명산들이 가는 곳마다 있다.

태국은 푸켓이라는 아름다운 모래 해변이 있고,

베트남은 천하제일 무릉도원 하롱베이가 있으며,

캄보디아는 세계 7대 불가사의 앙코르와트 불교사원과 그들의 전통춤이 있고,

네팔은 세계 제일 높은 산맥이 그들의 황금 자원이다.

우리들은 죽어서 흙이 되더라도, 후손들은 선조 덕으로 우리 문화, 교육, 예술을 자원 삼아서 자손만대로 태평성대하게 잘살 수 있어야 한다.

 한국의 모바일 산업은 30년의 치열한 레드오션 경쟁 속에서 발전을 해왔지만, 미래 22세기 시대는 문화수도 건설, 개발 계획으로 새로운 미래를 찾아야 할 것이다.

■ 포항~군산 간 동서운하 바닷길을 개통하겠다

　동해~서해 바닷물 길이 열리는 동서운하 길을 개통하여 우리의 국토를 모양으로 바꿀 것이며 군산공항, 군산부두를 중부지방에 관광 전용 항구로 개발 확장하여 외국인 관광객 1억 명 새 시대를 열 것이다.

　운하 뱃길이 개통되고 코리아요요 학생 한류 문화수도가 건설되면 중남부 지방에 인구 천만 명의 새 도시가 여러 곳 탄생할 것이다.

　박정희 전 대통령은 경주시를 개발하여 세계적 관광명소로 발전시키려 했으며, 비록 성공은 못 했지만 박정희 대통령은 선견지명 진인(眞人) 철학을 가진 분은 분명하다.

　동서양 그 유례가 없는 우리 시대의 작은 거인 박정희 전 대통령. 그가 이루지 못한 경주 문화 관광도시의 꿈을 청송남아, 나 윤태경이 중남부에 문화수도를 세우려 한다.

대한민국은 혁명의 나라이다.

문화를 혁명하여 그 고고함과 장엄함을 전 세계인들에게 보여줄 것이다.

중남부 지방에 문화 알프스 시대가 열리면 하늘과 땅과 바다와 산의 이기(理氣)가 합쳐져 국운 화신이 우리에게 찾아올 것이다.

인체의 기(氣)는 심장 에너지이며 나라의 기(氣)는 흐르는 물줄기를 말한다.

사계절 아름다운 자연과 삼면이 바다인 우리 땅, 우리 강산 보물을 잘 가꾸고 다듬어서 미래 후손에게 가치 있게 물려주자!

코리아요요에서 출발하여 익산 보석단지를 경유하여 새만금, 변산반도, 목포, 순천, 여수, 사천, 통영, 거제도를 거쳐서 진해, 부산, 경주, 울산, 포항, 대구를 돌아서 종착지 코리아요요에 다시 도착하는 남도의 절경 크루즈 관광 코스의 인공 주상절리 명소들을 만날 수 있게 문화관광 개발 설계를 지금 시작해야 한다.

세계최대 크루즈 선박 3대를 보유한 로얄 캐리비안은 지난

한 해 80억 달러, 한화 9조 원의 매출을 올려 10년 전에 비해 두 배 성장했다고 하는데, 우리 국가에는 크루즈 전용 부두 하나도 없다.

유커 등 외국 관광객 1억 명 시대를 맞으려면 서울, 경기도에 토목건설은 전면 중단하고 중부 지방에 제2의 기적을 이루어 내야만 국위 상승이 올 것이다.

다시 말하면 서울, 경기도에 인구 절반, 4년제 대학 100%와 사업체 절반, 택시회사 절반, 여행사 절반이 중부 문화수도로 옮겨와야 나라가 제자리를 찾게 될 것이다.

19세기 영국 서부 리버풀 항구가 있었기에 대영 제국의 서막 깃발을 올릴 수 있었던 것처럼 동서운하를 개통하면 관광 노다지로 바뀌어 후손들이 천신(天神)의 은혜를 누리게 될 것이다.

미군이 철수하든, 철수 안 하든 전라북도 군산 비행장은 관광 전용으로 개축할 것이며 익산시 남산면에 주얼리 관광단지와 군산, 서천 지역에 관광 전용 부두 건설까지 명견만리 앞을 보고 개발 퍼즐을 맞춰 나가야 한다.

중부 지방에 코리아요요 한류 문화수도와 동서운하만 건설되면 대구, 대전, 칠곡, 구미, 상주, 성주. 무주, 진안, 거창,

장수, 군산, 영동, 금산 등 이들 지역에 직접적인 문화 혜택이 돌아갈 것이다.

우리 땅을 더 가치 있게 더 아름답게 개발하고 싶은 절실한 마음에서 코리아요요 문화 랜드와 동서운하 개통을 생각한 것이다.

동서운하 수로를 건설하려면 산을 뚫고 땅을 파내야 하며, 여기에 나오는 흙과 돌은 기찻길 레일 건설에 용이하게 사용할 수 있을 것이다.

코리아요요 한류 문화수도와 연결하는 동서운하 뱃길을 열고 그 뱃길 양쪽을 철도 레일을 깔고, 마술 같은 100만 채의 각양각색 레일형 하우스를 다양하게 건설하여 세계인에게 낭만적 감성 민박촌 문화를 보여줄 것이다.

음악, 예술이 마음에 치유가 되듯이, 상상 환상은 창조의 보약이며 낭만 정취는 팍팍한 우리 생활의 외로움을 견딜 수 있게 해주는 절대 필요한 삶의 조미료이다.

학식과 예술의 응용은 두뇌 속에서 나오지만, 문화는 국민 의식주에서 나온다.

5천만 우리 국민이 후손 행복을 위해 유산 욕심만 있다면 안될 것 없고, 못할 것 없다.

외국인 관광객 1억 명 시대를 준비하려면 민박형 안식처 수천~수만 동을 지어서 어려운 국민들에게 주거 보금자리로 우선 나눠주고 늘어날 관광 크루즈 승객 숫자에 맞춰서 주택을 관리하면 될 것이다.

나는 견문 없고 식견 없고 가방끈이 없어서 지구밖에 생명체에 대해서는 관심 없고, 천체에 가서 살 생각도 없으며 달나라에 가서 우리 태극기 꽂아서 국위선양할 뜬구름 상상도 안 한다.

1년 380~400조 원의 한해 나라 예산으로 현상 유지만 하려면 책임 총리 하나만 있으면 될 것이지. 청와대 안에 수백 명 직원과 연봉 2억 월급 주는 대통령이 왜 필요한가…?

풍차와 튤립의 나라 네덜란드 암스테르담의 운하관광의 운치는 네덜란드 경제 발전의 중심축이다.

500년 전에 척박한 땅에서 오직 개척정신 하나로 전 국민이 한마음으로 가난과 근면, 검소로 일궈낸 네덜란드인의 운하개발이 있었기에 지금 그들의 후손들은 운하관광 덕을 톡톡히 보고 있다.

파리에 생 미셸 대성당, 생 미셸 광장, 그리고 파리시청 터는 원래 모래사막이었다고 한다.

문화, 예술, 음악이 있는 이탈리아 카프리 섬이 있고 베네치아가 있고 아말피해변 절벽 도시와 베네치아 물의 도시, 그리고 아랍 에미리트의 아라비아 운하와 폭 20미터에 길이 2천 미터 밖에 안되는 일본에 작은 오타루 운하 등 수많은 운하댐의 매력에 전 세계 여행객들이 감탄하고 있다.

중국 속담에 "장강을 얻는 자가 천하를 얻을 것이라고 했다."

운하 없는 대한민국은 후손의 역사 발전을 막는 부끄러운 선조가 될 것이다.

나는 동양문화, 특히 중국의 한자 문화를 좋아하고 사랑한다.

미국에 40년 살았어도, 미국의 자유분방한 서양문화를 가슴 깊이 받아들이기가 거북할 때가 많았다.

그것은 아마 동양인의 피를 받았기 때문일 것이다.

중화인민 공화국은 수백 년 전부터 인위적으로 강줄기를 돌려 인공낙원을 만들었다.

장강(양자 강)은 칭하이에서 발원하여 숱한 주상절리를 만들어 내면서 티베트를 지나 윈난 성, 쓰촨 성, 구이저우 성, 후안 성, 안후이 성을 지나 상하이 항구와 연결되는 길이 6,300km, 세계에서 3번째로 긴 강을 만들어 내면서 60여 소수민족 종파와 그들의 기상천외한 문화를 만나게 되며 옛날 옛적 별별 기이한 교통, 항만, 물류 운송 수단이 되어서 지금은 6층짜리 크루즈 유람선이 떠다니는 중국 관광 발전에 기폭제가 되고 있다.

고고 문화는 그 나라의 민속적인 고혹의 가치를 지녀야 하며, 현대 문화는 미의 매력을 지녀야만 그 가치가 있을 것이다.

문화의 가치가 높아질수록 국가의 외연과 경제도약의 영광을 함께 얻을 수 있을 것이다.

인도는 환경오염으로 하루 천여 명의 국민이 죽고 있으며 우리나라 서울, 경기도는 미세먼지, 오염으로 인해서 월평균 1,200명 이상 국민이 사망하고 있다 한다.

서울, 경기도에 대학교 100%가 문을 닫고 강남에 10억 원짜리 아파트값이 5~6억 원으로 폭락, 곤두박질치는 부동산 거품 대란이 와야 나라가 수평 발전할 수 있을 것이다.

젠틀 조상에 젠틀 후손 태어나고
머저리 조상에 머저리 후손 태어난다

머저리 잠룡들이 저마다 역사 바꾸겠다고 큰소리친다.

굴러가던 말똥도 그 소리 들으면 멈추고 웃다 갈 것이다.

우리 국민의 삶의 질은 세계 50위다.

세계 경제 10위권 나라면 국민 삶의 질도 10권에 있어야 정상이다.

우리나라, 이대로는 안 된다. 비정상을 정상으로 바꿔 놓아야 한다.

국민성도 바꾸고 역사도 바꾸고 땅 모양까지 바꿔야 한다.

선취적 능력과 미래 혜안 있는 선견지명 지도자가 혜성처럼 나타나서 교육과 문화와 국민성과 땅 모양을 바꿔야 한다.

우리는 아직 후진 국민성을 버리지 못하고 있다.

오래된(중고) 물건들을 사랑할 줄 모르고 공공장소에서 큰 소리로 전화 받고 길거리에서 담배 피우고 광고지 무단 투기 하고 술에 취하고 유행에 취해 있다.

신혼살림, 가구는 제아무리 낡아도 죽을 때까지 사랑해야 선진 국민성이 된다

이탈리아에 가서 베네치아 시가지를 바라보면 왜 프랑스 문화, 이탈리아 문화가 명품이 되었는지를 알 수 있을 것이다.

어느 뒷골목을 가 봐도 혼을 빼는 명품 예술품들이 즐비하다.

프랑스에는 국민음악 샹송이 있으며 이탈리아 칸초네 음악의 서정적 낭만과 아름다운 선율은 무식한 나에게도 매력적으로 들린다.

칸초네 클래식은 이태리 나폴리풍의 대중 가곡이다. 칸초네 음악 「언덕 위의 하얀 집」은 우리 연속극 주제가로 우리들 귀에 잘 알려졌으며, 라 플라야(La playa)는 그리스 영화 「밤 안갯속의 데이트」 사운드 트랙으로 삽입되었다.

영국에는 한때 전 세계를 휘몰아쳤던 비틀즈, 톰 존스, 클리프 리처드가 있었고, 미국에는 엘비스 에런 프레슬리와 마

이클 잭슨이 1960~90년대까지 로큰롤의 제왕으로 건재해 있었다. 이들은 세계 음악 문화를 창의 개척한 인물들이다.

이들이 있었기에, 아름다운 선율 음악에 전 세계가 매혹되어 미국, 영국은 그 찬란한 명성을 세계 역사 속에 심어놓았었다.

1970~80년대 이장희, 윤형주, 송창식, 조영남 등의 통기타 부대와 함께 「쨍하고 해 뜰 날」의 송대관, 코털 수염 가수 김흥국의 호랑나비, 빙글빙글 나미, 그리고 이승철의 발라드 물결 등이 문화 아이콘으로서 우리나라 음악 문화의 선구자들이다.

2000년대 지금은 심플 K팝 그룹들의 퍼포먼스 문화가 저마다 감미로운 개성으로 국내는 물론 전 세계를 열광시키고 있다.

모든 식물은 그 형태를 바꾸지 않고는 영양분을 흡수할 수 없으며 변모할 수도 없다. 이것이 시대 흐름의 숙명일 것이다.

지혜로운 사람은 쌓으면서 쓸모없는 고정 관념들을 버릴 줄 알지만, 박근혜 씨처럼 융통성 없는 고집, 보수파는 나쁜 성격과 나쁜 고정관념 사고를 버릴 줄 모른다.

제일모직 전무이사 정구호 씨는 어느 잡지 책에서 "놀더라

도 대학가 앞에 가서 놀아라!"라고 했고, 나이 50~70이 되어
도 젊은 사고를 가져야 발전이 있다고 했다.

나의 두뇌가 슈퍼브레인(Super brain)이 아니고, 내 손
이 마이더스(Midas) 손이 아니지만, 코리아요요 문화수도
를 건설하고 4년제 대학 80개교를 코리아요요 안에 유치하면
50~100년 후부터는 외국인 관광 수입만으로 100만 대학생
을 공짜로 교육시킬 수 있는 길이 열릴 것이다.

볼거리 없고 즐길 거리 없이 나라 망신에 적자 내는 국제 스
포츠 대회 유치에만 열 올리는 것은 미친 정책이다.

한 해 100만 명의 미국인이 프랑스로 관광을 가고 있는 데
반해, 한국으로 관광 오는 미국인은 고작 1만 명 미만 수준
이다.

그리스(Greece)는 세계 최초로 대학을 아테네 외곽에서 운
영했으며 세계 최초로 올림픽이 열렸으며 세계 최초로 민주주
의를 열었다. 토론의 나라, 신화의 나라, 자유의 나라가 바로
그리스이다. 그러나 그 화려한 역사와 문화유적의 이름만으로
는 국민들이 잘 먹고 잘살 수 없었기에 지금 그리스에서는 긴
축 문제로 연일 거리 시위가 이어지고 있다.

세계인들에게 호기심을 주고 볼거리 문화, 즐길 거리 문화

를 만들어야 관광 인파가 몰려들고 후손들이 배부르고 행복하게 살 수 있을 것이다.

우리의 전통문화인 부채춤, 가야금, 널뛰기, 윷놀이, 김장문화, 색동저고리, 제기차기, 전통 가락, 사물놀이, 소리 명창, 난타 공연 등은 우리 민족의 희로애락이지만, 전통문화만으로는 세계인들의 눈과 마음을 사로잡을 수 없다.

설령, 우리 전통문화로 중국과 일본 등 동아시아 문화권을 사로잡는다 해도 세계 예술과 관광경지에 오르는 데는 한참 부족하다.

한국으로 밀려오던 중국인 관광객이 사드 기지화 바람을 타고 지금은 일본 신주쿠 거리로 가서 샤넬 가방을 싹쓸이하고 있으며, 일본은 매력적인 아시아 국가 중 10위에서 1위로 급부상 중이다.

엔저 효과로 한국보다 여행경비가 싸고 볼거리도 많다고 한다.

또 외국인 동구, 서구, 유럽 관광객들도 같은 금액이면 아시아 관광코스로 태국 일본, 중국, 캄보디아 순으로 가고 한국은 큰 볼거리가 없다며 건너뛰고 가버린다.

외국인들이 한국 관광을 즐기고 가슴 벅찬 기쁨을 한 아름씩 안고 쓴 돈 아깝지 않게, 자기들 고국으로 돌아갈 수 있게 천 년 미래 문화, 예술 그림을 그려야 한다.

문화(Culture)란 무엇인가?

짧게는 인류의 지식이고 관습이며, 길게는 인간과 자연과 물질적, 정신적, 행동적 산물이다. 그리고 학문, 언어, 예술, 생각, 의식주 행위, 그리고 역사와 향기가 문화이다.

문화는 세계인들에게 호기심을 주고 볼거리가 되고 즐길 거리를 제공하며 문화가 우수하면 외국인들의 투자 유치에도 엄청난 효과를 가져올 것이다.

스페인 바르셀로나에 지금 짓고 있는 사그라다 파밀리아(Sagrada Familia) 성당은 안토니 가우디의 설계로 높이 172미터, 넓이 150미터의 거대한 성당으로, 오는 2026년경으로 144년이나 걸려서 완공될 예정이라 한다.

144년이란 긴 시간을 성당 하나에 올인 할 생각을 했다는 것만으로도 수십조 원의 가치가 있으며, 단합된 스페인 국민들의 문화유산 정신과 국민통합 정신에 박수가 절로 나온다.

40년간 전 재산을 사그라다 파밀리아 성당에 기부하고, 자기 생애에 완성을 못 볼 것을 알면서도 성당 하나에 집착한 안토니 가우디의 천재적인 건축 예술의 재능을 보노라면, 스페인 바르셀로나를 안토니 가우디가 만든 창조도시라 할만하다.

이밖에 구엘 공원을 비롯해서 레이알 광장과 카사밀라 하우스의 지붕 위 투구 전사 모양의 굴뚝 등은 신이 내린 영광이며, 천해의 자연과 풍광까지 안고 있는 스페인 바르셀로나는 현대 건축사의 교과서이며 예술의 극치이다.

세계 각 나라들은 그들 나라마다 특성 문화가 있고 애장품이 있다. 거대한 인구를 가진 인도는 금팔찌, 금목걸이가 그들의 애장품이며, 중국은 옥과 금붙이를 애장품으로 간직하고 바둑을 좋아하며 3년 먹을 것이 항아리 안에 들어 있어야 비로써 돈을 쓴다고 한다.

유럽 국가들은 몸에 걸치지는 않지만, 예술미술품 소장과 한 잔의 와인에 그들의 멋이 담겨 있으며 동구 지방은 음악, 악기, 발레를 그들 나라의 국기처럼 중요시하며 살아간다.

그리고 남미지역 아르헨티나는 탱고와 육식 고기를 즐기고, 브라질은 축구와 삼바 문화가 유명하다.

미국은 맥주와 팝콘을 즐기며 풋볼경기 관람과 각종 스포츠 게임에 열광하지만, 일할 때는 일하고 놀 때는 물불 방식 안 가리고 즐기는 미국인들의 취미는 남의 손때 묻은 골동품을 지극히 사랑하는 판타지 문화이다.

전체 국민 30~40%가 벼룩시장에 나오는 중고품을 즐기고 있으며, 대부분의 선진 유럽 국가들도 중고품 거래를 활성화하며 서로 함께 나눠쓰는 합리적 소비문화를 통해 과다생산을 막고 환경오염을 방지하고 있다.

우리 한국은 외모 가꾸기, 염색하기, 유행 따르기, 얼굴 성형으로 연간 5조 원씩 낭비하고 있으며, 보양식 고기와 술과 줄담배에 삼겹살 먹자판으로 국민 스스로가 건강을 망가트리고 있다.

국민 3명 중 1명은 낚시 장비, 등산 장비가 애장품이며 거리마다 장사치들에 과시 풍조, 무시 풍조, 유행 풍조, 불친절, 속임수에 온 나라가 비틀거리고 있다.

유행은 아무리 먹고 닦고 광내봤자 자기활동에 불편만 줄 뿐, 인격 상승은 고사하고 재산도 불어나지 않는다.

프리마켓 시장이 활성화되지 않으면 공산품과의 경쟁력이 떨어지고, 이는 중고물품의 가치 하락으로 이어져 생산자, 노동자, 상인, 국가까지 모두 공정한 대가를 못 받게 된다.

우리 문화가 아시아권을 넘어 세계문화로 가려면, 눈과 귀와 두뇌와 국민성을 바꾸고 새로운 것을 창조해야 한다.

기적의 황금 열매 씨앗을 뿌리려면, 목적의식을 확실히 가지고 나라를 건설해야 한다.

전직 대통령들마다 주먹구구식 난개발만 하고 후손에 물려 줄 황금목록도 만들지 않는다. 매년 국고 수백조가 바람과 함께 사라지는 것이다.

중국 진시황은 흙벽돌로 거대한 만리장성을 쌓아서 변방에 오랑캐들의 침입을 방어했으며, 지금 그의 후손 중국인들은 선조들이 피와 땀으로 일궈놓은 만리장성 문화에 자부심이 대단하다.

1953년 7월, 찰스본 스틸 대령과 딘 러스크 보좌, 그리고 당시 33대 미국 대통령이었던 트루먼 해리(Harry Shippe Truman)의 재가를 얻어 38선(線) 휴전협정(休戰協定)을 맺고 DMZ 경계선이 그어졌으며, 그 후 오랜 세월 동안 남과 북은 일촉즉발의 긴장 속에서 불안한 하루하루를 가슴 조이며 살아왔다.

독일 베를린 장벽은 같은 동네, 같은 이웃에서 담장 하나만 사이에 두어 서로 마주 바라보며 수화 의사 표시도 가능했기에 통일이 현실로 될 수밖에 없었다. 그러나 우리 DMZ 38선은 동서독 베를린 장벽과는 다르다.

남과 북의 사상 이념 장벽을 제거하려면 흔한 대화로는 안된다. 특수 조건에만 적용되는 특별한 대화가 필요하다.

한 나라의 지도자는 흙 속에 묻혀 안 보이는 나무뿌리도 볼 줄 알아야 한다.

그래야만 나라를 발전시킬 선견지명 지도자라 할 수 있을 것이다.

학교 안에서 책으로 배운 지식으로는 역사를 바꿀 수 없다.

전 세계의 명품자동차 페라리, 람보르기니 등 수억 원짜리 스포츠카를 생산하는 이탈리아 자동차 메이커의 디자이너와 종사자 중 대부분은 중졸 이하 학력의 장인 정신 가진 명품 애국지사들이라는 것을 알아야 한다.

약 600년 전, 태조 이성계가 그의 이너 서클인 무학 도사의 점술, 사주로 한강이 흐르고 마포 나루가 있는, 지리학적 낭만 정취를 보고 한양을 수도로 정한 것으로 알고 있다. 그리고 사대문(흥인지문, 숭례문, 돈의문 숙정문)과 사대궁(덕수궁, 경희궁, 창경궁, 창덕궁)을 세웠다. 그러나 오늘날의 서울은 수도다운 모습은 찾아볼 수 없고 어딜 가봐도 장사치들과 가스통, 전선이 뒤엉켜 성냥갑 흩트려 놓은 것처럼 숨이 탁탁 막힌다. 그러니 서울은 옛 수도의 아련한 추억 문화로 남겨두고, 청주시에 청와대를 건설하고 김천 지역에 코리아요요 문화수도를 건설하여 세계 최고의 문화국가를 세우자!

자경문 한 구절을 읽어보면 "학은 까마귀를 벗하지 않거늘 붕새가 어찌 뱁새와 짝하겠는가?"라고 한다.

마음에서 애정이 떠난 사람을 사문(沙門)이라 하고, 세상일을 궁금해하지 않는 사람을 출가(出家)라 한다.

어느 나라든 젊은 남녀들은 결혼을 잘해야만 행복하듯이, 국가는 리더를 잘 만나서 창조 주춧돌을 잘 놓아야 후손들이 영광을 누릴 수 있을 것이다.

나, 청송남아 윤태경은 후손 행복을 위해 돈 적게 들이고 문화 개발과 교육의 가치를 얻어낼 수 있는 탐구와 창조 이노베이션 혁신을 24시간 쉬지 않고 회전할 것이다.

선진국가, 부자나라는 우리를 기다려주지 않으며 우리 스스로 부자 나라와 선진국가를 만들어가야 한다.

칭찬은 고래도 춤추게 한다지만, 나는 칭찬욕심, 권력 욕심, 돈 욕심, 청와대 욕심, 대통령 욕심도 없다.

5년 임기 성공하여 칭찬 듣고 거들먹거리며 인생 회춘할 생각은 더더욱 없고, 오직 후손 행복을 위해 험난한 가시밭길을 가려고 한다.

중동 국가들의 상징은 모래사막이며,

파리의 상징은 에펠탑과 개선문이고,

이탈리아 하면 밀라노 명품거리,

뉴욕 하면 자유의 여신상이며,

시드니 하면 오페라하우스고,

중국에는 만리장성이 있으며,

브라질의 상징은 예수 동상이다.

그럼 우리 대한민국은 뭐냐?

대한민국에는 세계 앞에 내세울 상징적인 랜드마크 하나조차 없다.

숭례문과 남산타워는 우리 국가의 역사물로는 인정되지만, 이것마저 가짜로 뒤범벅되고 있는 오늘에 코리아요요 학생 문화수도 건설은 우리 국가에 꼭 있어야 할 랜드마크가 될 것이다.

■ 박근혜 정부는 4년 동안 자충수로 허송세월했다

아프리카의 케냐 나이로비와 스위스 로잔과 오스트리아 빈에 각각 UN 사무국과 미국 뉴욕에 유엔 본부 건물이 있다.

아프리카는 빈곤국이라 UN 사무국이 당연히 있어야지만, 유럽은 빈곤 국가들이 없는데도 UN 사무국이 2개나 있다.

전 세계인구 절반이 동 아시아권에 살고 있으며, 빈곤 인구 숫자를 보더라도 아시아 국가에 UN 사무국 하나쯤 있어야 정상이 아닐까…?

오스트리아와 스위스는 한국과 일본처럼 아주 가까운 이웃인데, UN 사무국 2개가 있다는 것은 전직 유엔 사무총장이 아마 유럽 출신이었음을 알 수 있다.

박근혜 씨는 한국 대통령이며 반기문 씨는 UN 사무총장직을 8년간 하면서, 유럽 2곳에 있는 UN 사무소 하나를 동아시아로 가져왔어야 함에도 북한 인권 사무소를 서울에 개설한 것은 한반도 평화 통일에는 전혀 관심 없다는 증거이다.

각 회원국이 기부한 유엔 살림을 가난한 빈민국에 나눠준 일만 8년간 한 반기문 씨가 대통령이 되면 나라 발전과 DMZ 환경은 한치도 달라질 수 없을 것이다.

박근혜 정부가 어느 정도의 천방지축 외교를 해 놨으면 중국과 일본 정부에 말려드는 느낌이 든다.

국민 직선제로 대통령 선출법이 생기고 난 후에 지도자다운, 대통령다운 대통령을 뽑은 적이 없었다.

안목 없는 우리 국민들의 단순하고 순진한 감성 판단 때문에 후손들이 누려야 할 행복 추구 권리는 사라지고 있다.

조국민들아~! 두 얼굴 가진 빛 좋은 개살구 대졸 후보에 현혹되지 말고, 청산유수 말재주에 혹하지 말고, 나쁜 고정관념은 빨리빨리 버리고, 후손들에게 무엇을 물려줘야 하는지 가슴에 두 손 모으고 생각해봐라!

나는 6·25 때 다섯 살로, 누님 등에 업혀서 뒷산 너머 참숯 토굴 속에 가족이 숨어 있으면서 마당에 나가 놀지 못하는 전쟁이 제일 싫었다.

어느 날, 갑자기 변란이 닥치면 대통령이 국민을 안전하게 피난시켜야 한다.

"국민 여러분! 변란입니다! 피난하십시오! 피난길에 어린아이들의 행렬 이탈을 막고, 감기 각별히 조심하고, 근신 자제하고, 태연자약하고, 질서유지하고, 경거망동이나 일희일비하지 말고 문명 국민의 성숙함을 보여 주시기 바랍니다."라는 중대담화를 낭독해야 하는데, 박근혜 가하는 것을 보면 매우 불안하고 초조하다.

메르스 전염병처럼 나라 기능을 마비시키는, 마른하늘에 날벼락 사건은 사람 사회에는 언제 어디서든 예고 없이 올 수 있다.

일이 터졌을 때만 정부가 일하는 척, 국민을 보호하는 척, 법석을 떨다가 시간이 지나면 나태 악습이 되풀이되어 국민을 기만하고 있다.

메르스 사건 역시 정부가 국민을 살린 것이 아니고 헌신적인 간호사들이 국민을 살려낸 것이다.

2001년도 신종 플루(H1N1)의 유행으로 아시아 국가를 포함해 전 세계 약 20만 명이 사망한 충격적인 사건을 박근혜 씨는 기억 못 하는가, 기억 안 하는가?

사드 배치, 한일 위안부 졸속사건과 질병을 과소대응(過小
對應)하는 박근혜 정부에 국민들이 촛불 들고 과잉반응(過剩
反應)하는 것은 당연하지 않은가?

조선 18대 임금 현종은 경신 대기근 때 가뭄과 냉해, 수해
와 각종 전염병까지 창궐하여 100만 백성이 희생되자, 모든
것은 내 책임이라고 하며 왕과 신하와 백성들이 혼연일체 한
몸이 되어 국난을 막기를 청했다.

그 옛날 봉건시대 군주도 백성의 목숨을 극진히 여겼었다.

6·25전쟁으로 인한 피난 행렬이 압록강에서 부산까지 천
리 길에 동족 간 비극은 이어졌다.

6·25의 발발 원인은 군 수뇌부와 정부 지도자들의 애국정
신이 녹슬었기 때문이다.

전염병을 방역하지 못하면 인명, 재산, 국가신용 등 모든 것
을 잃게 된다는 것을 손에 쥐여줘야만 알까? 그걸 모르는 대
통령이 얼굴에 분가루 칠만 하면 뭐하나…?

박근혜 정부 들어 메르스 방역에 대한 회의는 2년간 2번뿐
이었고, 그나마 한 번은 전화 회의만 했단다.

세월호 참사 이후, 국가 대 개조를 하겠다며 국민 앞에 약속한 게 겨우 이것이냐?

2014년 4월 16일 아침, 진도 앞바다에서 세월호 여객선 침몰사고로 꽃다운 어린 학생 300~400여 명이 차가운 바닷속에 갇혔는데도 해경들은 밖에 보이는 승객 처리에 급급했을 뿐이고, 누구 하나 선체 내부에 갇혀있는 아이들에 대해서는 무관심했다.

국민의 생명과 안전을 책임지고 간뇌도지(肝腦塗地) 해야 할 우리 대통령은 사고참사 소식을 듣고도 사고 20~30시간이 지나서야 참사 현장에 온 것으로 알고 있다.

나라가 왜 있고 행정부가 왜 있고 대통령이 왜 있는가?

나라와 국민의 안전을 위해 세금을 징수하는 것 아닌가?

에로스(Eros)와 필리아(Philia)를 거치지 않고 바로 관계가 형성되는 영혼의 끈이 있다. 이것을 부모와 자식 간의 혈육이라 한다.

박근혜 씨야 자식을 낳지도, 키워 보지도 않았으니 부모와 자식 간 애지중지하는 그 사랑과 슬픔과 아픔의 연을 어찌 알겠나?

금지옥엽 우리 국민 350명이 물속에서 살려 달라고 울부

짖고 있을 때, 행정부가 혼신의 구조 노력을 하기는커녕 우리 대통령은 천재지변 시찰하듯이 휙 둘러만 보고 바로 서울로 떠나 버렸다.

1950년 6·25전쟁 때, 우리 전투기는 겨우 22대뿐이었지만, 북한은 211대나 있었고 우리에게 없는 탱크도 242대가 있었단다.

이승만 전 대통령이 미국에 유학하지 않았다면 인천 상륙 작전도 없었을 것이다.

선진국 대통령은 반세기 동안 흙 속에 묻혀있는 자국민 전쟁 희생자들의 유골 뼈 한 조각 한 조각까지도 극진히 모셔 간다.

그런데 우리 대통령은 죽은 국민의 뼛조각 수집은커녕 국민의 목숨을 지키고 사랑하려는 기본 정신이 안 되어 있다.

서강 대학에서 4년 동안 전자공학을 공부했다는 그 잘난 박근혜가 말이다.

국가의 콘트롤타워인 정부가 사건 사고에 대처 못 하고 우왕좌왕하면서 판단력이 부족한 것은 현장 경험이 없고 오직 학위와 법 배운 순으로 장 차관을 인선했기 때문에 부끄러운 나라 망신이 계속 이어지고 있다.

행정부가 똑바로 일 처리를 하면 법 배운 행정 요원이 필요 없다.

지난해 총리 후보 인선 때도 경륜 따지고, 학위 따지고, 박사 따지다가 여러 명이 낙마했으며, 국민 앞에 부끄러운 모습 다 보이고, 겨우겨우 총리 한 사람 고른다는 게 행정부 운영에는 아무 쓸모 없는(?) 법 배운 사람을 골랐다.

박근혜 대통령은 왜 법 배운 사람들만 좋아할까? 답은 하나다. 대통령 자신이 국가운영 전반을 모르기 때문이다.

법 배운 사람 장·차관을 시켜 국민 상대로 소송해서 수임료 착복하려고 했나? 국민 잘 섬기는 총리가 필요한 것이지. 법 배운 총리가 왜 필요할까?

자격 없고 판단력 흐린 대통령이 자기는 모르니까 장·차관들의 학벌에 의존하게 된다.

청와대 안에 초졸(국졸)자들이 모여서 나라운영 해도 지금 이보다는 지혜 있고 질서 있게 운영할 수 있을 것이다.

여당, 야당, 행정부 구분 없이 정치인들의 언행과 행동을 보면 내 자식을 대통령, 장관, 정치인이 되라고 권하고 싶지 않다.

세월호 사고 대책본부는 만조 시간, 간조 시간의 바닷물 유속 탓하며 잠수부 500명을 활용하지 못하고 허둥지둥하다가 소중한 골든타임을 다 놓쳤다.

사고지점 바다 수심이 30~40미터 정도라면 배 선미가 개펄에 박히면 그쪽으로 힘이 실리기 때문에 대형 바지선 2대에 크레인으로 세월호의 닻 내리는 뱃머리 선수 구멍에 체인을 감아서 80~90도 하늘 수직으로 잡아주고 배 안을 수색하든 배를 인양하든 해야 했다. 정조 시간. 만조 시간의 바닷물 유속에 장애 받지 않고 잠수부 10여 명씩 24시간 교대로 선체 내부를 수색했다면 몇 주 안에 내부 수색 끝내고 늦어도 1~2개월 안에 세월호 선체를 인근 항구로 이동, 인양할 수 있었다.

약 50년 전에 해병 해군이 멋져 보여서 포항 해병대 훈련소에 여러 번 갔었지만, 그때는 육군 외 타 군인은 학력 제한 때문에 초졸자는 육군 입대만 허용되었다.

공군, 해군, 해병대에 복무하려면 육군보다 지식과 인성이 필요했던 모양이다.

그런데 해양 해군 대졸 출신자들이 다 모인 세월호 사고 대책본부에서 허둥대다가 골든타임 다 놓치고 아이들 350명 중 단 한 명도 구출 못 했다는 것은 학력이 얼마나 허무한지를 보여준 것이다.

생과 사의 갈림길에서 판단은 모 아니면 도다.

이것이 판단이고 인성이며 두뇌 회전이고 골든타임이다.

우리 대통령 박근혜는 아이들 350명이 차가운 물 속에 수장되는 참혹한 현장을 눈으로 똑똑히 보면서 바닷물 속으로 뛰어들기는커녕 냉정하게 서울로 돌아가 버렸다.

자국민 350명의 목숨을 외면한 박근혜를 후손 역사에 해적 대통령으로 기록할까 봐 심히 걱정된다.

나도 울고, 너도 울고, 땅도 울고, 바다도 울고, 하늘도 울었다.

세월호 참사 2년이 지난 지금도 세월호 침몰사고가 있었던 7시간 동안 대통령이 어디에서 뭘 했는지 국민들은 의심에 의심을 거듭하고 있다.

얼마나 더 울면 금지옥엽 너희들이 돌아와서 엄마 손을 잡아줄까?

나는 이 글을 쓰면서도 눈물과 악이 북받쳐서 여러 차례 손이 떨려서 타이프를 멈추곤 한다.

무능한 대졸 박근혜를 따르는 새누리당 병사들은 초졸자인 나 윤태경을 Follow me 하라~!

나, 윤태경이 조국에 대통령이 되는 날, 선장 이준석과 승조원들과 악덕 범법자들을 법 위에 처벌할 것이다.

너희들이 어찌 자식을 키우고 훈육할 사랑의 아버지가 될 수 있겠느냐 말이다!

페르시아 속담 두 가지가 생각난다.

하나, 배가 고프면 육체가 정신이 되고 배가 부르면 정신이 육체가 된다.

둘, 은혜를 모르는 공직자보다 은혜를 아는 개가 더 낫다.

나는 세월호 사건 당시에 미국에 있었다. 그 참사 현장을 TV로 지켜보면서 짠 소금물에 뼈마디 마디가 녹아내리는 듯한 아픔을 배웠다.

내가 대통령이었다면 해군 함정에서 100일을 하숙생 신세를 지더라도 참사 그 즉시 세월호를 인양했을 것이다.

세월호 선체는 인양해도 역사 원수고, 인양 안 해도 역사 원수다. 2년이 지난 지금 와서 세월호 선체를 인양한들 그 역사의 원흉을 관광 용도로 쓸 것인지? 수리해서 바다에 다시 띄울 것인지? 문화재로 쓸 것인지? 눈물로 쓸 것인지? 분통 역사로 쓸 것인지? 왜, 왜, 이제 와서 세월호를 인양하려 하느냐?

2015년 2월 5일, 요르단 조종사 화형 참수에 분노하여 모래사막의 탑건 압둘라 2세 요르단 국왕이 수니파 이슬람 IS 근거지를 직접 전투기를 몰고 포탄 투하로 응징 보복하더라. 그런 용맹 리더가 부럽다.

박근혜는 조국을 위해 장렬하게 목숨 바친 순국선열들 무덤에 가서 뭐라고 절할 것인가?

아버지 박정희 무덤에 가서, 최선을 다했지만 아이들 350명 죽이고 자신만 장하게 살아 돌아왔다고 구구절절 거짓 변명만 늘어놓을 것인가?

사회적 갈등으로 인한 금전 손실이 연간 250조 원이고, 재난. 재해 비용으로 국고 지출이 연 31조 원이나 되며, 우리 국가 5개 조선소 부채가 50조 원에, 18조 원의 차세대 전투기 제작 사업인 KF-X 군 방위사업의 부실 등 허투루 나가는 세금 낭비를 막는 것 역시 대통령의 몫이다.

우리 국가의 가계 부채가 1,300조 원이 넘어서고 있다.

국고 선심 공세로 전국에 유료 도로를 힘차게 건설은 해놓고, 절반이 적자 운영되고 있으며 도시 개발공사 부채가 5~6조 원이란다. 사정이 이런대도 박근혜 씨는 빚더미 인천시를 특화도시로 개발하겠다고 대통령 당선 잉크도 마르기 전에 1

호로 공언했다.

55세 이상 서울시민 70%가 탈서울을 바란다는데, 서울 경기도에만 투자하고 경상남도 거창군 학교 앞에는 교도소가 들어설 것이란다.

교도소는 100%를 무인도에 건설해야 하는 것 아닌가?

경기도 성남시 판교 테크노 밸리와 구 용산 미군 기지에는 50~60층의 빌딩 숲이 건설 예정되어 있으며, 현대자동차는 서울 삼성동에 수십조 원을 투자할 것이라고 한다.

이것은 지역 지방간 수평 발전 정책이 아니잖느냐?

나라 운영을 신의 한 수에 기대지 말고 인의 전술로 승부해야 정부도, 국민도 모두 성공할 수 있을 것이다.

서울시의 1인당 누릴 수 있는 자연 숲 면적은 런던시의 6분의 1 수준이며, 이런 현실을 모르고 용산 미군기지 자리에 빌딩 숲을 세우겠다고 한다.

박근혜 정부의 트레이드 마크가 창조 경제이다. 이름은 참 좋다. 그런데 4년이 지났는데 프로답지 못하고, 하는 짓마다 해롱해롱 허우적대고 있다.

한때는 바닷가에 진주조개를 주워 팔던 가난한 중동의 작은 나라 카타르는 가파르고 황량하고 끝없이 펼쳐진 태양과 모래바람이 작열하는 50도의 이글거리는 척박한 사막 땅이었다. 하지만 지금은 중동의 호랑이로 성장했다.

GDP 성장 세계 1위라는 기적을 카타르가 이뤄낸 것은 국왕 세이크 모하메드 씨의 미래 안목과 그의 통치 철학이 있었기에 가능했다.

필리핀과 싱가포르를 비교해 보자. 두 나라는 공히 자국어를 버리고 영어를 제1 국어로 선택했지만, 국가 발전에는 천양지차이다.

마르코스 필리핀 대통령의 집권은 부정부패의 온상이었지만, 싱가포르 리콴유 대통령은 전 세계인들이 부러워하는 미래 안목 있는 개발 철학으로 싱가포르를 아시아 최강국으로 만들어놓은 청렴한 의인 리더이다.

우리들 세대는 못 먹고 못살고 천대받던 고난 시대에 자라서 굶더라도 인내와 정신적 면역력이 강해서 모래땅 자갈밭에서라도 살아갈 수 있지만, 지금 신세대 자식들은 면역력이 약하고 감수성은 강하여 못 먹고 못 입고 외로우면 최후 선택으로 자살한다. 자살 병을 키우는 것 역시 무능한 중앙정부의 책임이라는 것을 박근혜 씨는 똑똑히 인지해야 할 것이다.

80개 대학교를 한곳으로 군집하는 학생 문화도시를 건설할 것이다

우리 인간은 가정을 이루고 단체를 결성하고 서로 협동하는 사회적 본성을 가졌기에 식사 시간이 되면 온 가족이 한데 모여앉아 도란도란 얘기하면서 밥을 먹는다.

짐승들은 위험 때문에 집단으로 살아가지만 먹을 것만 생기면 혼자 물고 가서 배를 채우는 것이 짐승들이다.

짐승들의 입처럼 욕심만으로 '제조 산하'를 외치는 두뇌는 오랑캐 사고이다.

선진국으로 가는 가장 빠른 지름길은 군집형 대학 타운을 만들고 교육. 문화. 예술이 한곳에 모이는 융합적 도시를 건설해야 한다.

코리아요요 문화수도가 건설되면 축구 월드컵 100회, 하계 올림픽 100회 그 이상의 국위선양을 얻게 될 것이다.

코리아요요 안에 80개 대학교가 한곳에 있는 공동체 군집 타운을 건설하여 외국인 관광객 8천~1억 명을 수용하면 연간 미화 900~1,000억 달러의 관광 수입을 올려 우리 100만 대학생을 공짜로 공부시킬 수 있다.

비좁은 우리 땅에 4년제 정규대학 200개가 있고 2년제 전문 대학교가 150개, 합계 350개 대학교가 있지만 국가 운영은 3류에서도 3류, 후진국에 허덕이고 있다.

대학 군집형 공동체 건설은 구리 광석을 연마하는 제련 작업장 같은 곳이 될 것이며, 협동 생활에서 나라에 대한 충정심과 개인의 인품을 연마하는 인성학을 배우게 될 것이다.

우리 민족 본연의 기품과 군사부일체(君師父一體) 정신을 공동체 교육에서 그 불씨를 살려내서 조국 대한민국을 선진 강국에 올려놓고 싶다.

소프트웨어(SW)로 학생들이 공부한다고 선진 국민이 되는 것이 아니다.

그리스는 교육과 문화, 그리고 민주 정책과 대학을 지구 최초로 시행했던 나라였지만, 수백 년 뒤에 후손들의 인성 변화를 읽지 못하고 단층 교육 방식에 의존했기에 지금 그리스는 EU 국가들 중 가장 부패가 심한 나라가 되어 각국의 빚쟁이들이 연일 그리스 앞마당에서 아우성치고 있다.

"돼지가 되어 먹을 것만 찾지 말고, 사람이 되어 기뻐하고 슬퍼할 줄 알아라."라는 말은 소크라테스의 명언이다.

지금 우리 국민은 이웃이야 굶어 죽든 말든, 70~80세 노인들이 냉방에서 폐품 주워 살아가든 말든 온 나라가 자기 쾌락주의로 등산 낚시 가서 먹자판 놀자 판 술판 향락에 취해 쓰레기 천지에 살고 있다.

경상북도 포항에 있는 한동대학교 장순홍 총장은 한 학기 수업을 학교 밖에서 활동하게 하고, 이것을 학점으로 인정해주는 자유 학기제를 시범 실시한다고 한다.

한글과 한문을 공용 국어로 학습하면 초졸, 중졸. 학력 수준으로도 나라의 일반직 공무원 행정은 100% 수행할 수 있다.

전 재산 탕진하면서까지 대학 졸업한 자식이 방안에 배 깔고 빈둥빈둥 뒹굴다가 늙은 부모 최저 생계비나 뜯어가서 PC방에서 게임 하면서 아까운 인생 낭비하는 것은 국가적 짐이 되며 이것이 폐품 국민성을 재촉하는 이유이다.

정운찬 전 총리의 「체념의 덫에 걸린 한국사회」란 신문 기고 문을 읽은 적이 있다.

글의 내용 첫머리에 '빽'이 있으면 안 될 것도 되고, '빽'이 없으면 될 것도 안되는 후진국 고질병이 대한민국을 전진 못 하게 붙잡고 있다고 했다.

코리아요요 대학 타운에 입학하려면 초중고등학교 때부터 일상 성적을 중요하게 하여 서류 심사만으로 입학할 수 있게 제도를 바꿀 것이다.

학원에서 배운 선행 지식으로 대학교 입학시험 치르는 구시 대 방식은 마땅히 사라져야 한다.

입학 후에도 4~5년간 머리 터지게 학점 공부를 해야 졸업 장을 쥘 수 있게, 학사 학위 규칙을 엄격히 하여 전 세계가 인 정하는 공신 교육으로 학생들을 양성하는 것이 공동체 대학 의 설립 목적이다.

입학 서류 심사 항목은 이웃 배려심, 사회 봉사심, 효도심, 연구 열성, 충성심, 공헌 정신, 인성평가서, 공동체 정신, 국 어평가서, 특기항목, 희망 비전, 창조 상상력, 중. 고등학교 내 신 성적, 담임교사 의견, 부모님 상담, 그리고 사회의 모든 관 념들을 산정하여 종합 심사 채점만으로 대학교에 입학하게 할 것이다.

나 윤태경은 1천만 번의 보내기 번트를 실패하더라도 우리 대한민국을 '홈런 교육시스템'으로 바꿔서 다음 후손에 물려줄 것이다.

지난해 4년제 대학을 졸업하고도 취업, 구직 때문에 전문대에 재입학한 학생 수가 5,000명으로 해마다 증가하고 있으며 이에 따른 학비 낭비만 한해 3,000억 원이란다.

4~5년간 대학교에 들어가는 학비만 모아두면 50년 후 노후 생활이 보장되는데, 왜 돈 들여서 시간 소모하고 대학 나와서는 빈둥빈둥 놀면서 민폐 끼치며 살까?

대학교 대학생 많다고 선진국 되는 것 아니다.

비좁은 도로에 자가용차 몰고 수십 리 운전해가서 점심 싸 먹는다고 선진 복지국가 되는 것 아니다.

제아무리 나라운영을 잘해도 국민성(인성)이 후진국에 머물면 선진 복지 나라는 먼 얘기일 수밖에 없다.

노벨 과학상 분야만 보더라도 미국, 스위스, 일본에 노벨 수상자는 10~15명인 반면, 350개 대학교에서 수많은 박사들을 배출한 우리나라는 단 한 명의 노벨 수상자도 없다.

초중고 교과서 안에는 사상 가르침, 어른 공경심, 애국심,

충성심, 배려심, 협동심, 의협심, 공중도덕, 선진 의식까지 다 실려 있는데, 왜 대학 나온 학사 박사들만 찾느냐…?

이스라엘은 전 세계로 뻗어 나간 해외 교민들에 의해 1948년 5월 14일에 정식 국가가 되었으며 수도 예루살렘을 세웠다. 예루살렘에는 먼 사해(死海)가 보이는 우뚝 솟은 유대인들의 최후의 항쟁지 마사다 요새가 있다.

마사다는 로마군의 포로가 되느니 차라리 969명 전원이 자결을 선택했다는 이스라엘 영웅들의 무덤이 있는 그곳이다. 그 후 유대 민족은 나라를 잃고 정처 없이 광야의 피난 민족 신세가 되어 몇 천 년이라는 길고 긴 세월을 떠돌이로 살았다.

이 때문에 유대민족의 한 맺힌 뿌리 교육은 창건 70년밖에 안 됐지만, 세계에서 가장 바른 국민성과 교육이 잘된 나라로 알고 있다.

부정 축재자로 악명 높았던 필리핀 나라에 전 지도자인 페르디난드 마르코스(Ferdinand marcos)는 자기네 국어를 쓰레기통에 버리고 영어를 제1 국어로 만든 희대의 망국인으로 기록되어 있으며, 그의 부인 이멜다 마르코스 여사는 나라 세금으로 구입한 하이힐 구두가 3,000켤레였다고 한다.

나랏돈 해 먹는 부정부패 나라는 언제라도 눈 깜짝 사이에

망할 수 있다.

그래서 그럴까? 필리피노는 아직 올림픽 메달 하나도 없는데, 그 나라에 우리 아이들 보내서 외화 물 쓰듯 하면서 영어 공부시키는 우리 부모들의 인성 수준이 참 한심하다.

코리아요요 학생 한류 문화수도 건설은 하늘이 내린 사명이다.

포항~군산 간 운하 건설 비용으로 대략 50조 원 정도가 필요하며, 코리아요요 한류 문화수도 부지 구입과 80개 대학교 건설에 약 90~100조 원을 예상하고 있으며 서울-한강, 진주-남강, 부산-영도, 대구에 수성 호수 등에 철교 백화 몰을 건설하는 데 약 10조 원 정도의 자금이 필요할 것이다.

코리아요요 한 곳으로 80개 대학교를 유치 집결하려면 그 과정 역시 주민 반발이 만만치 않을 것이다.

대학 재단 측과 인접 상인들의 반발이 불을 보듯 뻔하나, 새 나라 새 문화로 바꾸지 않고는 우리 대한민국은 선진 나라가 수 없다.

코리아요요의 지상 교통 전철 구간과 문화 스포츠 광장 등은 4~5단계 별로 나누어 건설할 것이며 우선은 완벽한 교통

도로와 80개 대학교에 본관 건물 공사와 전철 구간 건설이 완공되면 새 대학교 캠퍼스로 개학 이사하게 될 것이다.

미국 라스베이거스 거상 이해언 회장의 성공 노트에 돈은 어떻게 쓸 것인지를 생각하라고 적혀있으며, 투자의 귀재 워런 버핏은 돈은 가치 있는 곳에 투자하라고 했고, 누구는 돈을 버는 것은 기술이고 돈을 쓰는 것은 예술이라고 까지 했다.

미국은 기부 천국이기에 전 세계 제일 부자 나라가 되었을 것이다. 그 부자들의 기부순서를 보면 워런 버핏(Warren Buffett) 31억 달러, 마크 주커버그와 프리실라 챈(Mark Zuckerberg, Priscilla Chan) 부부 5억 달러, 존 아놀드와 로라 놀드(John Arnold, Laura Arnold) 4억 달러, 폴 앨런(Paul Allen) 3억 2천만 달러, 세르게이(Sergey Brin) 2억 2천만 달러, 모티머 주커먼(Mortimer Zuckerman) 2억 달러 등 기부 천사 기업 오너들만 수백, 수천 명이나 된다.

중국의 작은 거인 모택동이 세상에 남긴 유명한 한마디가 있다. "역사를 바꿀 인물은 가난하고 성격이 괴팍하고 무명 이름이어야 한다."라고 말이다.

코리아요요 80개 대학교 본관 건물은 미국 LA 맥아더 파

크 옆길에 있는 파크플라자호텔 설계도를 입수하여 그와 같
은 모양으로 설계하고 싶다.

파크플라자호텔은 화려하지도, 흔하지도, 천하지도 않은 지
성학 본관으로는 더없이 안성맞춤 건축물이다.

지구 세계 사람들이 코리아요요에 와보고 우리 국가의 예술
문화에 넋을 잃게 될 것이다.

파크플라자 호텔 양 외벽에 100여 개 벽화조각 동상들을
예술 석화로 조화있게 장식할 것이다(사진 참조). 본관 건물
벽에 조각 동상 인물들은 그 학교 출신으로 사회에 공헌한
명사들의 인물을 선정하게 된다.

세계 각국에 수많은 기술공예사. 프랑스, 이탈리아, 오스트
리아, 아프리카에 목공예, 흙공예, 인도 장식공예와 캄보디아
금, 은, 동, 철 공예 숙련공들을 중장기적으로 특혜 초청하여
21세기 최고의 대학 타운 랜드마크를 세울 것이다.

예를 들면, 이화여대는 유서 깊은 이화학당을 손상 없이 그
대로 옮겨놓아 캠퍼스 예술의 극치를 보여줄 것이다.

우리나라 교육의 질은 OECD 국가 중 꼴찌 수준인 반면에
대학 등록금은 세계 최고라고 한다.

코리아요요 문화수도는 동서남북(EWSN) 원형에 학교마다 시계 방향으로 01~080까지 번지 주소로 되어 있으며 이것이 대학교 이름이다. 즉, 대학교 유치 신청에 따라 구 대학의 이름은 없어지며 새로운 코리아요요 입주 순서에 따라 서울대 #035, 고려대 #050, 연세대 #012, 동아대 #060, 효성여대 #030, 경북대 #011, 충북대 #077, 숙명여대 #05, 조선대 #050, 이화여대 #051 같이 이름과 번지 주소를 받게 될 것이다.

어느 대학이 강원도 대학인지, 어느 대학이 충청남도 대학교인지, 연세대, 고려대, 건국대, 조선대인지 일반 국민들은 알 수 없게 1류, 2류, 3류 대학의 계급과 학교 서열이 없어진다는 뜻이다. 그리고 새로 배정받는 대학교의 이름 안에 대학교 위치가 지정되어 있어서 학생 도시 안에서 운행하는 노면전차만 타면 대학교 문 앞까지 혼동 없이 쉽게 찾아갈 수 있게 설계될 것이다.

'U04호-E 대학교'라는 이름을 배정받게 되며 우편 행정 주소는 'U04호-E. 학생-디아스 대한민국'이라고만 쓰면 바로 학교로 우편배달이 가능하게 된다. 그리고 대학교 이름이 주소가 되며 주소가 곧 대학교 새 이름이 된다. 영문주소는 'U024-E. Korea-yoyo' 혹은 'College-city Korea-yoyo'

가 될 것이다.

새 이름, 새 시대, 새 교육 비전으로 미래지도자 배출에 각 대학들이 열의와 정성으로 자기네 학교를 최고의 학업 시스템으로 도입 경쟁하게 될 것이다.

대학교 앞에는 가을 단풍 숲길, 소나무 숲길, 동백나무 숲길, 매화나무 숲길, 진달래꽃길, 배나무 꽃길, 복사꽃 숲길, 왕벚꽃나무 숲길, 은행나무 숲길, 회화나무 숲길 등 기차를 타고 80개 대학 캠퍼스를 근거리에서 관람이 가능케 될 것이다.

회화나무는 공부하는 선비들의 기상을 나타낸다고 하며, 우리 젊은이들이 회화나무처럼 기상 있게 조국에 이바지해주길 바란다.

'싸워서 죽을 수는 있어도 적군이 지나가도록 길을 비켜 줄 수는 없다.'

자고로 여자에게는 절개가 있어야 하고, 남자에게는 조국을 지켜내는 충정심이 있어야 한다.

서울 경기도 인구 약 30%인 500만 명을 중부로 끌어내려서 서울 수도, 행정수도, 문화수도 3개 수도를 연결하여 선조들의 높은 문화 안목을 후손세대에 물려주고 싶다.

디즈니월드 코리아를 건설하고 한류 문화수도를 건설하고

동서운하 길을 개통해서 지옥 교통체증의 오명을 벗고 설날, 추석 같은 대명절에 천금 같은 시간을 도로 위에서 낭비하는 일 없이 행복한 고향 나들이 갈 수 있게 중부지방 새 시대를 열어야 한다.

코리아요요 문화수도 몰 안에 교통은 노면전차와 전기 자동차만 다닐 것이며, 지하 하수관까지 언제든지 쉽고 간편하게 개·보수가 가능하게 입체적으로 설계하여 태풍이나 천재지변에도 수백 년을 견딜 수 있게 설계될 것이다.

초등 아이들이 코리아요요에 한번 와보면 꿈과 희망을 얻어서 그들 스스로 문제를 풀고 장래를 선택하게 할 것이며, 집에 돌아가서 엄마가 해주는 밥만 먹고 컴퓨터 게임만 해야 하는지 학자, 법관, 교육자, 외교관, 의사, 군인, 산업역군이 되어야 하는지 자기 스스로 길을 찾아가는 명인적 표본이 되게 할 것이다.

코리아요요는 한류 문화수도 몰은 각 코너에 열 개 정문이 있어 유급관광이 될 것이며 강둑 위와 캠퍼스 위에는 하늘 모노레일이 있고, 문화광장을 지나면 강물이 흐르고 각 대학교 기숙사 건물을 돌아가면 대학교 캠퍼스 모습과 문화광장 전체를 볼 수 있으며, 뒤쪽 외곽 울타리에는 하이웨이 도로가 있다.

서울 혜화동 대학로 연극무대와 홍대 앞 젊음의 거리는 40대~50대 장년층에 넘겨주고 20~30대 젊은 층, 연극인들은 꿈이 있는 중부지방 코리아요요 문화수도로 새 꿈을 찾아 이동해올 것이다.

문화광장 거리에 역대 대통령들 10명 동상을 세워 그들의 재임 시절에 이룬 업적과 친인척 부정축재 내용을 낱낱이 공개하여 역대 대통령들의 국정 부정이 다시는 우리 땅에 뿌리내리지 못하게 각인을 시킬 것이다.

공정한 지역사회 발전, 개발을 위해 문화수도 건설과 동서 운하 뱃길과 코리아 디즈니랜드는 중남부 지방에 건설되는 것이 당연하다.

서울, 경기도는 제아무리 발버둥 치며 발전해봐도 세계인들이 감탄하지 않는다는 것을 서울시장, 인천시장, 경기도지사는 가슴에 손 올리고 인지해야 할 것이다.

1860년대 미국은 남북 시민전쟁의 대환란으로 동족 60만 명이 희생되는 비극과 큰 아픔을 겪고 나서 지금 세계 최고 부자나라, 세계 최고 힘센 나라가 되었다.

한류 문화수도는 언제 어떻게 생각하게 되었나?

전원일기 드라마 한 장면에서 황금빛 들판에 알차게 영근 벼 이삭들을 보면서, 비좁은 못자리에서 면적이 넓은 논바닥에 옮겨져 가로세로 지정된 규격을 유지하며 질서 있게 자라는 모심기 원리에서 찾았다.

코리아요요 문화수도는 후손세대들의 바른 학문과 바른 지혜와 예술, 이노베이션 지식을 얻어서 미래 청년 멘토가 되어 조국에 공헌해줄 것으로 나는 믿어 의심치 않는다.

펌프 우물에 물을 퍼 올리려면 마중물을 부어줘야 하지 않느냐?

융성하고 살기 좋은 새 희망 나라를 건설하려면 과감하고 용기 있는 투자만이 우리 국가의 인지도를 높이는 길이며,

일본국의 경제 문화 산업을 단숨에 능가할 수 있는 길은 코리아요요 학생 문화수도 건설뿐이며, 제3세대의 한류 문화를 지속적으로 이어갈 의미 있는 출발점이 될 것으로 나는 굳게 믿고 있다.

문화수도 몰은 교통 노선과 철도 노선에서부터 도시의 운명이 결정되므로 500년~천 년 후에도 교통 흐름이 원활하여

후손들에게 그 가치를 인정받아야 하기 때문이다.

문화광장 지하에 중앙역사에서부터 사방 8~10개 방향으로 모든 통학 전철 노선이 있어 오고 가는 출발점과 돌아오는 종착점이 되며 과학적 교통설계로 메인 통학노선 배정을 하게 된다.

1호선: 김천, 대전, 세종 간

2호선: 김천, 무주, 전주, 김제, 부안 간

3호선: 김천, 거창, 남원, 광주 간

4호선: 김천, 거창, 남원, 순천, 여수 간

5호선: 김천, 거창, 진주, 사천, 거제 간

6호선: 김천, 대구, 경주, 울산, 부산 간

7호선: 김천, 군위, 의성, 안동, 영주 간

8호선: 김천, 상주, 문경, 충주, 원주 간

8호선까지 경전철노선이 메인 교통수단으로 개통되면 전라북도 남원시와 경상남도 거창군은 교통 광역도시 기능으로 발전하게 될 것이며 천 년 교통 도시로 갈 수 있게 과학적 설계가 이뤄질 것이다.

총 100조 원의 재원 투자상. 코리아요요 학생 문화수도는 건국 후 최대 국책 사업이므로 교육수도, 문화수도, 교통수도 라는 새로운 역사 창조 시대가 열릴 것이다.

학생은 나라의 주인이며, 교육은 나라에 기둥이고, 문화는 나라의 집이다.

80개 대학에 학생 수만 약 100만 명이며 교수진과 임직원, 그리고 한류 문화광장에 상인 수까지 합하면 일일 전철 유동 인구는 엄청날 것이며,

일일 관광 여행자 수까지 계산하면 문화수도 주변에 전주, 군산, 논산, 무주, 진안, 거창, 남원, 영동, 상주, 칠곡, 대구, 성주, 대전 등 천만 명의 새 이주 도시가 형성될 것이며, 과장 없이 천지개벽 시대가 올 것이다.

80개 대학교를 어떻게 유치하고 어떻게 옮길 것인가?

제주 해군기지 사건, 용산 개발사건, 밀양 송전탑 사건 등 주민들과 민주적 자유 협상으로는 천 년이 걸려도 속 시원한 해결로 매듭지을 수 없다.

구 대학교 건물은 학교 재단에서 처리할 것이고, 매각 처분이 불가능한 학교는 지역 경제를 위해 예술 스포츠 문화 종합센터로 탈바꿈하게 될 것이다.

이것 역시 어려울 때는 정부에서 구 대학교를 보증 매각 형식으로 구입할 것이며, 각 대학들은 책상, 연구기구 비품 등 우선 필요한 사무용품들만 챙겨서 새 대학 캠퍼스로 이사부터 해놓고, 사무실, 강의실, 연구실의 정리 정돈을 끝낸 뒤에 학생들에게 개학 통보하여 수업 시작하면 될 수 있게 할 것이다.

학생 문화수도가 건설되면 우리 국가에 어떤 이익을 줄까?

1. 국민 모두에 정신적 지주가 될 것이며,
2. 100개 대학교가 한곳에 모여 있다는 것만으로도 세계 어느 나라에도 없는 전무후무한 우리 문화 교육의 자랑이 될 것이며,
3. 명품 교육 관광과 볼거리, 즐길 거리 문화 관광이 되어 국익 창조하고 국위 선양할 것이며,
4. 전 세계 사학도들이 청운의 꿈을 안고 코리아요요로 유

학. 관광 오게 될 것이며,

5. 미래 인재 양성 발굴도시로써 나라와 겨레 발전에 무한
히 기여할 것이며,

6. 우리 국가에는 세계인들이 감탄할 변변한 랜드마크 하나
없다 하여 코리아요요 문화수도 건설은 하계 올림픽 100
회 개최 이상의 국격 상승효과를 얻게 될 것이며,

7. 국가적 위기상황이 왔을 때 민족 대동단결할 수 있고 산
처럼 든든한 국민 울타리가 될 것이며,

8. 교육 균형과 국토 균형 발전(國土均衡發展)이 되어 선진
국으로 가는 중심이 될 것이며,

9. 한국인의 선비정신(先備井神)을 세계인들 앞에 자랑할
기회이며,

10. 학생 요요 안에서 우리 국가의 미래 자산들이 무한 생
산될 것이다.

학생 도시 건설은 100만 청년 실업자들의 일자리가 되며,
서울 수도권에 있는 50여 개 대학교만 중부로 내려오면 서울
구 수도는 자동차 포화, 매연 포화, 인구 포화, 주차 공간 포
화란 오명을 벗고 부동산거품이 확 빠져서 살기 좋은 쇼핑 수

도가 될 것이다.

지금 우리 대학생들이 학교 등록금 마련을 위해 고깃배까지 탄다고 한다.

나는 대학생 제군들을 생각하면 절절히 미안하고 뼛속까지 부끄러워, 손가락 마디 마디가 저리는구나!

학생 그대들에게 더 좋은 학습 환경과 더 좋은 팔자를 줄 수만 있다면, 구름 타고 승천하는 용꿈이라도 꿔서 그대들의 미래를 행복(幸福)하게 해주고 싶다.

학생 여러분! 우리의 과거 역사는 지옥(地獄)처럼 어두웠고, 암울했고, 힘들었고, 고단했으며, 그대들의 큰오빠, 큰누나, 큰형님, 큰아버지는 영웅들이었다.

일제 강점기에 더럽고 쓰레기 같은 일본국(日本國)에 수난받던 36년 세월을 우리 조상들은 승리(勝利)했으며, 북쪽의 남침으로 민족(民族)과 국토(國土)가 두 동강 났고, 예상 못 한 6·25의 참상으로 동족 간 사생결단(死生決斷)의 분통 역사를 겪었으며 사변의 포화가 휩쓸고 간 우리 국민들은 먹을 것이 없어서 쾅쾅 얼은 고드름, 김치 한 포기에 보리밥, 좁쌀 밥 한번 실컷 먹어보는 것이 소원이었다.

배고프고 춥던 그 좌절의 시대를 슬기롭게 살아오신 진정한 영웅(英雄)들의 후손 후배들이 바로 학생 제군들이다.

이승만 대통령은 깨끗한 사회 구현에는 실패했었지만, 나라를 세운 건국의 공로는 인정해야 하며, 박정희 전 대통령은 권위적인 통치로 일부 소수들의 자유를 억압 제약하는 모순 통치한 것은 불행한 일이었지만, 빈곤과 문맹 퇴치로 국민의 눈을 뜨게 하고 경제 우등국가로 승화시킨 큰 지도자였다.

건국과 중흥, 그리고 배고픈 국민을 향한 이승만, 박정희 두 지도자의 고뇌와 충정심이 있었기에 오늘 우리들에게 경제와 자유 민주가 있다는 것을 깊이 알아야 할 것이다.

우리 역사에 이승만 박정희 두 지도자가 있었기에 사계절 아름다운 꽃 피고 새 우는 금수강산 절경 아래에서 잘 먹고 잘살고 있으며, 두 지도자 덕분에 여성들은 맵시와 멋 부리며 친구들과 맛 나는 음식 나눠 먹으며 행복을 누리고 있다.

역사도 돌아가면 다시 오지 않고 인생도 흘러가면 다시 오지 않는다. 공동체 나라에서 자기만 잘살려는 이기주의(利己主義)는 안 된다.

공천 낙마를 했다고 국회 안에 퍼질러 앉아서 엉엉 눈물 흘리는 얼간이 국회의원들은 선조 될 자격도 없고 할아버지 될 자격도 없다.

나라를 위해, 후손을 위해 자기 인생을 희생할 줄 알고 이웃을 배려할 줄 알고 지식을 함께 공유할 줄 아는 사람이 진정한 선조가 될 자격이 있다.

코리아요요 학생 문화수도 몰은 언제쯤 구상했나?

약 10~13년 전 어느 날, 밤에 꿈을 꿨다. "하늘의 비밀이다~!" 하는 소리와 함께 큰 굉음으로 고막이 찢어질 듯 쾅쾅 소리를 내며, 하늘이 땅에 떨어지면서 천지가 암흑으로 변했다. 나는 겁에 질려 통나무를 붙잡고 눈을 감고 있었다가 한참 뒤에 눈을 떠보니 어두운 세상이 차츰차츰 밝아왔으며, 큰 광장과 강둑이 보여 궁금해서 강둑에 올라서 보니 강물은 거울처럼 맑았고 젊은 선남선녀들이 얕은 물에서 재밌게 물놀이하는 것이었다. 호기심에 나도 물속에 들어가려고 신발을 벗으려고 보니, 내가 신고 있는 신발에 왕관(王冠) 무늬가 있어 신발 잃어버릴까 봐 강둑으로 되돌아오니 어느 신선(神仙) 같은 안내원이 나를 보고 씩 웃으며 반갑게 길 안내해주었다.

전설의 팝가수인 폴 매카트니의 대표곡인 「렛 잇 비(Let it be)」는 꿈속에서 들은 멜로디에 영감을 얻어서 가사를 넣어 세상에 탄생시킨 환상곡이며, 60년이 흐른 지금도 만인의 애창곡으로 남아 있다.

대재앙이 오기 전에 동물 이동 같은 전조 증상이 있듯이, 나라에 큰 역사 변천이 올 때는 누구에 의해서든 예시가 있을 것으로 생각한다.

다시 꿈속으로 들어가서, 나는 안내원을 따라 공원(公園) 광장 여러 곳을 구경하게 되었고, 저 멀리 라이브밴드 음악소리가 들려왔으며, 게이트 문 앞에는 관광 인파가 표를 사기 위해 줄 서 있는 모습도 보였고, 저편 대학 캠퍼스에는 많은 학생들이 있었다.

꿈을 깨고 화장실 다녀와서 다시 잠들었을 때, 그 필름은 연속으로 돌고 있었으며 그 안내원은 나를 기다렸다 다시 길 안내를 시작해주었다.

광장 안쪽으로 들어가니 외국인 관광객들이 한류 음악에 취해서 춤추는 모습이 보였고, 안내원과 나는 연신 박수를 쳐주었다.

안내원을 따라 외곽 둘레를 전동차를 타고 도시전경(都市全

景) 전체를 구경하며 이곳저곳에 설명을 들으면서 꿈을 깼다.

꿈을 깨고 나서야 앗차, 나를 길 안내해준 그분이 신선, 혹은 의인이 아닌가 싶어서 그 즉시 종이와 연필로 꿈속에서 본 대로 대충대충 옮겨 그려둔 것이 지금의 코리아요요 한류 문화수도의 전경 도안(圖案)이다.

나, 윤태경이 국민대표가 되면 일본, 중국, 남미, 캐나다, 미국 등 여러 나라에 있는 교육계, 예술계, 문화계, 동포들을 만나 코리아요요 문화수도 청사진을 설명하고 조언을 들을 것이며, 특히 캐나다에 최대 교육그룹 리더인 동포 정문현 씨 같은 분을 만나서 조국의 교육발전에 해외동포 인재들의 협조를 적극 요청하고 싶다.

정문현 씨는 캐나다에 40개 대학을 운영하는 실용교육 창시자이며, 교육 예술 인문학 분야에 왕자로 알려진 인물이다.

또한, 재일교포 2세 하정웅 씨가 그의 아버지 고향인 전남 영암군에 기증했다는 고 미술품들을 후배 교육을 위해 코리아요요 문화수도라는 더 큰 세상으로 옮기는 것을 영암 군민들과 협의하고 싶다.

코리아요요 학생 문화수도 부지 선정은
왜 김천 지방을 선택했나?

중남부 김천 지역으로 코리아요요 문화수도부지를 결정한 것은 건설안건이 국민투표로 부칠 경우 3개 도민 즉, 경상북도, 충청북도, 전라북도의 찬성표 보장과 더불어 지대가 약간 높고 10년 장마에도 물에 잠기지 않는 지리적 요건도 감안되었다.

코리아요요 광장 지하 중앙역사를 건설하려면 지형적 이점을 살려야 예산을 줄일 수 있으며, 최대한 자연경관 속에서 문화수도를 건설되어야 하기에 지형, 교통망, 국토 중심 등 여러 면을 고려했기 때문이다.

김천시 중심에서 전국 산골 어디든 4시간 정도면 주말통학이 가능하며, 최종부지 결정은 학자, 교수, 법관, 지리학자 등 각계각층 국민대표들이 모여서 미래 지향적 결정을 하게 될 것이다.

김천 지방은 전라북도, 충청북도, 경상북도 3개 도가 합쳐진 삼도봉이 있고, 가야산, 덕유산 국립공원, 금오산 도립공원이 있으며, 산 좋고 물 맑은 감천강 젖줄기가 유유히 흐르는 인심 좋은 금수강산의 중심지이다.

특히 무주군 남대천은 추억의 반딧불이 서식하는 청정 지역이며 덕유산 정상에는 오수자 동굴이 있는데, 그 옛날 땅에서 용솟음치는 물이 멈추면서 생긴 땅 고드름이 유명하다. 이런 신비로운 풍경 있는 곳을 두고 숨 막히는 서울, 경기도에서 굳이 인생설계를 고집해야 하느냐?

현재 서울, 경기도에서 1천500만 명 인구가 바글바글 지지고 볶고 서로 차이고 불신하면서 아웅다웅 살아가야 하는지 묻고 싶다.

우리 국토의 모양을 바꾸고 천지 개벽시대를 여는 것은 나 한 사람의 욕심만으로는 불가능하며, 우리 국민 모두가 창세, 창조의 개척 정신과 합리적인 마음의 문을 열어야만 이루어질 수 있다.

삼도봉과 수도산 등산 코스가 있는 김천시 전역을 문화수도 중심지로 개발할 생각이며, 입지조건이 부족하면 인위적 환경 조성까지 염두에 두고 있다.

■ 진정한 선진국은 저학력 고소득 복지국가이다

5천만 우리국민이 뜨거운 온탕물에 들어가서 묵은 때를 깨끗하게 벗겨내야 대한민국이 선진국이 된다.

공부에 취미가 없으면 초졸, 중졸 학력으로 공부는 마침표 찍고 사회에 나가서 실패든, 성공이든 남들보다 하루빨리 인생 공부, 사회 공부를 해야 한다.

저 학력 사회란, 보통 사람들이 노동해서 행복한 삶을 살아가는 나라이다.

교육 재단의 비리 시정을 위해 이화여대 재학생들이 본관을 점거 농성한다는 뉴스를 봤다.

이화여대 재학생들은 정정당당하게 학비 내고 시험 쳐서 자기 실력으로 이화여대에 입학해서 공부하면서 지식을 쌓고 있는데, 학교 재단에서 일방적으로 학위 장사하는 것을 재학생들이 그냥 보고 있을 리 없다.

30세 이상 고졸 학력이면 되지, 뭐가 부족해서… 대학 졸업장이 필요하면 방송통신대에 수강 신청을 하던지….

못난 학력 장사 행위는 구시대 문화이고 구시대 폐단이다.

저학력 서민의 눈높이에서 나라를 운영해 나가야 사회가 바로 설 수 있을 것이다.

저학력 서민이 사랑받는 사회, 꼴찌들이 인정받고 성공하는 나라, 이것이 '국태민안' 나라이다.

저학력사회 구축이 모든 것을 해결해주는 백약은 아니며, 한문 사상과 예절 문화로 좋은 국민성과 인성 교육을 높여 나가야 할 것이다.

왼손으로 뒤처리하고 오른손으로 밥 움켜쥐고 입에 넣는 중동국가 일부, 아프리카 일부 저학력 나라들도 자기 집에 찾아오는 손님을 극진히 대접할 줄 알고, 그 나라 대통령과 장관들은 국민을 하늘처럼 섬기고 있는데, 350개 대학교가 있는 우리 고학력 학사정부는 거짓말을 밥 먹듯 하면서 국민을 종처럼 부리면서 기만하고 있다.

고학력 학사정부가 세금 물 쓰듯 하면서 선진국에 가서 배워온 것이 나라 이 모양 이 꼴로 만들어놓았다.

현장 행정에 무지막지한 고학력 공직. 공무원이 나라에 왜 필요한가…?

학사정부, 학사 법치가 저학력 스마트 두뇌에 뒤처지고 있으므로 학사 지식원을 나라에 필요한 만큼 제한하겠다는 것이다.

나라 안 모든 부정 비리는 학벌 학위와 연관 또는 연결되어 있다는 것을 국민들은 인지하기 바란다.

빈손으로 '제조 산하'를 읊어대는 것을 차돌천재라 하며, 진정한 천재는 제조 산하 할 대안을 그려낸다.

대학교에 입학 안 하는 것을 인생 성공으로 생각하는 정책의 변화를 그려내야 한다.

세계질서는 시시각각 변화하는데, 학습 행정에만 매달리는 벽창호 정부는 망하는 것이 당연하다.

땡땡이치지 않고 초등학교 6년을 올바르게 배운 졸업장만 있으면 대한민국 공무원 행정의 99%까지 처리할 수 있고, 중졸 공무원이면 100% 완벽하게 민원처리할 수 있는데, 우리

고졸 공무원들은 억대 돈 낭비하면서 대학 졸업장이나 얻으려고 혈안이다.

이게 비정상이라는 것이다.

아침 8시에 경기도 부천역에 전철 타려고 나갔다가 한 여성의 행정 미숙을 덮으려는 거짓 제스처에 칠십 노인이 졸지에 강제추행죄를 뒤집어쓰고, 하이에나 짐승 판사에 의해 벌금 300만 원이라는 판결을 받고 돈이 없어서 노역해서 갚으려고 인천 구치소에 제 발로 들어갔다. 2구치소 10층 12호실 독방에서 30일간 생활을 할 때, 하루 30분씩 주어진 운동시간에 만난 50대 어느 중년 수용자는 아들 하나 잘 키우려고 재혼도 하지 않고 금이야 옥이야 키워서 대학입학 시키고 좋아서 동네방네 잔치까지 했단다. 어쩌다 사업 실패로 유치장 생활을 2년째 하고 있는데, 여태껏 그 아들놈이 면회 한 번도 오지 않았다며 애이불교수축지야(愛而不敎獸畜之也, 자식을 사랑만 하고 참-교육이 없으면 짐승을 기르는 것과 같음) 하면서 땅이 꺼지라 한숨 쉬더라.

코리아요요 문화수도 건설을 생각한 것도 훌륭한 학벌 인재 배출이 목적이 아니고, 초등학교 때부터 나라에 필요한 충신 스펙을 쌓기 위함이다.

2016년, 광화문에서는 학벌을 초월한 서민들이 먼저 촛불을 들고 대한민국의 변화를 밤새워 외치는 기적이 일어났다.

　　대학교가 역사를 바꿔 주지 않고 대학교가 안전한 선진 복지국가를 만들어주지 않는다.

　　나는 초졸 학력이라 글재주도 없지만, 어느 잠룡보다도 지혜롭고 장엄하게 역사를 바꿀 적임자라 확신한다.

　　피선거권을 18세로 앞당기고 초등학교 입학연령을 만7세에서 만8세로 1년쯤 늦추는 저학력 정책으로 의무 교육제도를 바꾸면 학벌행정, 계급사회, 빈부차별, 여남차별 유행문화가 사라지게 될 것이다.

　　노르웨이, 오스트리아, 스웨덴, 스위스, 덴마크 등 그쪽 나라들의 공통점이 저학력에서 시작하여 지구 최고의 안전하고 행복한 나라가 되었다.

　　지금 박근혜 정부에 장·차관 100%가 대학 교육받은 사람들이지만 세월호 사건부터 메르스, AI 같은 질병 통제 실패까지 부끄러울 정도로 무지하고 무능한 정책을 했다.

　　결혼 5년 미만 부부 35%가 아이를 안 낳는다고 하며 석·박사 여성 4명 중 3명은 결혼을 기피한단다.

일본군 왜장 로쿠스케의 허리를 꽉 껴안고 진주 남강에 몸을 던진 논개는 대학 나온 학사가 아니다. 안중근 의사, 유관순 여사도 대학 나오지 않았다

5천만 인구에 350개 대학이 있으면서 우리 사회는 불합리, 부조리, 불안전 속에서 비정상 국가로 전락할 것이다.

정치인 100%가 대학을 나왔지만 나라는 수준 미달이고, 툭하면 고무신 갈아신고 말 바꾸고 하면서 노인세대. 청년세대 간 이념의 차이는 날로 심화되고 유행 천국, 차별 천국에 허덕이고 있다.

1970~80년대쯤 미국에서 유학 생활한 유명 영화배우 박누구의 아들은 몇 년 전에 TV 대담에서 스키니 진 스타일이 유행이라 통바지는 도저히 못 입겠다고 하더라.

여성은 하체에 달라붙는 스키니 진을 입게끔 신체 조건이 되어 있지만, 남자는 스키니 바지가 당연히 불편하고 짜증 나며 통바지가 멋 부리는 데도 어울리고 사나이 마음을 편하게 해준다.

유행 때문에 통바지를 못 입겠다는 불통 사고, 불통 문화의식, 이것을 바꿔야 한다.

안철수 씨처럼 공부하기를 좋아하는 사람은 공부 많이 해서 고급 문장 해독자로 당연히 출세해야 하겠지만, 공부하기가 싫은 사람은 노동해서 정당한 대가를 받아서 잘 먹고 잘 사는 성적 없는 평등 나라, 공정 사회를 구축해 나가야 한다.

우리 역사에 영원한 스승인 퇴계 이황 선생은 도덕적 수양을 최고의 학문으로 여겼었다고 한다.

"까마귀 우는 골에 백로야 가지 마라. 성난 까마귀는 흰빛을 싫어하니 맑은 강물에 씻은 너희 몸이 더럽혀질까 하노라."

이 시조는 정몽주 어머니가 군주 된 아들의 신분에 행여나 나쁜 물이 들까 봐 근묵자흑을 염려한 의리 시조이다.

2012년 대통령 선거 때, 문재인 후보의 패배를 트집 잡아 일부 청년들이 노인 어른께 자리 양보하지 말자는 악의적 캠페인을 벌이겠다는 뉴스를 본 적이 있다.

청년 그대들 눈에는 문재인 후보가 대통령이 되면 놀고 돈 준다 하더냐…?

문재인 후보가 나라 바꿔 준다고 하더냐…?

낡은 사고 가진 머저리 잠룡 두뇌가 그렇게도 좋더냐…?

청년 그대들아~! 자유 민주주의에 항거하며 나라를 구하기 위해 정의에 맞서 피 흘린 선배 학도들의 구국 횃불 정신을 벌써 잊었느냐?

늙고 병든 어르신들은 질곡 역사를 굳세게 살아온 시들은 꽃이고 열매이며, 50년 뒤에 청년 너희들의 자화상(自畵像)이다.

우리 부모님들이 이런 비참한 내일을 계산하고 소 팔고 농지 팔아서 이역만리 타국땅에 자식들 보내서 유학 공부시킨 결과가 겨우 이것이냐?

청년들은 들어라~! 노인 어른들에게도 철학(哲學)이 있고, 사랑이 있고, 축구도 좋아한단다.

컴퓨터 못하고, 영어 못해도 인격과 학식이 없는 것은 아니란다.

무식한 노인에게도 감정이 없는 것은 아니란다.

어른들 세대는 참 순박했고 순수했고 아름다웠었다.

태극기 흔들며 유관순(柳寬順) 누나를 목이 터지라 만세삼창 외치며 조국의 미래를 빌었었다.

금지옥엽 우리 젊은이들아!

그대들의 좋은 생각과 창조 논리를 조국(祖國)의 국익을 위해 지혜롭게 써줄 수는 없겠니?

천하제일 인륜(人倫)과 도덕(道德)의 가치는 청년들이 조국을 사랑하고 어른들과 여성들을 존경(尊敬)하고 우월하게 보는 데 있다.

미국 LA는 전 세계에서 모인 악당들과 극악무도한 마피아, 갱스터들이 다 모여 있는 요지경이지만, 지정 좌석권이 없는 전철이나 버스를 타보면 노인이 들어오면 그 악당들도 우르르 뒤쪽으로 가고 앞자리는 노인들에게 자리 양보하는 미덕과 효 문화가 있다. 이는 사실 동서고금 어디를 가도 똑같았다.

충(忠)은 봉양이고 효(孝)는 공자 사상의 종소리를 말한단다.

우리 국가에도 부모님과 함께 살아가는 대가족 제도에서 충효 사상의 종소리를 듣는 시대가 오기를 기다려본다.

북한에는 독립이란 말이 없다고 한다. 하모니카 주택이라 해서 여러 개의 방을 만들어서 할아버지, 할머니, 어머니, 아버지와 아들과 며느리, 손자 손녀 3~4대가 함께 모여 살아가며 충효를 다진다고 한다.

적국의 문화라 할지라도 좋은 것은 받아들여야 발전이 된다.

부모란 자리는 자식들이 낙오되지 않고 세상을 잘살아가기를 바라는 마음에서 간섭하고 잔소리하고 구속한다.

청년들아~! 부모 천 년, 만 년 살지 못한다.

아이폰, 아이패드 하나 싸 들고 이 세상 다 얻은 것처럼 기뻐하고 감격하는 작은놈이 되지 말고, 조국과 겨레와 부모님을 위해 충정 인물이 되어주길 바란다.

  더글러스 맥아더(Douglas MacArthur)는 육사 시절 줄곧 우등생이었고, 드와이트 아이젠하워((Dwight Eisenhower) 는 육사 시절 학교성적이 132등이었다고 한다. 그러나 대통령 은 아이젠하워가 하고, 맥아더는 군 장군 밖에 못했다.

  인천행 비행기 안 옆자리에서 만난 중국인 남자 고등학생 에게 물어봤다. 학생은 왜 공부를 하느냐고 했더니, 미국보다 더 강한 중국 건설을 위해서 지식을 쌓는다는 뜻밖의 대답에 나는 매우 당황했었다.

  나는 그 학생의 손을 꼭 잡고 학생이 성인이 되어서 대국 중화인민공화국의 큰 인물이 될 때까지 건투를 빌어 주겠다 고 했더니, 의아하게 나를 쳐다보더라.

  SK 재벌가의 둘째 딸로 태어난 최민정 해군 소위는 부모님 의 도움을 모두 거부하고 고등학교와 대학교를 스스로 아르 바이트로 학비를 자립 조달하여 마치고, 늠름한 해군 초급장 교로 임관하여 전투함정에서 우리 해양을 지키고 있다 한다.

  자식은 그들 스스로 인간이 되어야 한다. 부모가 바라는 대로 자 라주지 않고, 부모 바라는 대로 가주지도 않는 것이 자식들이다.

나에게도 50년 전,
애틋한 꽃띠 사랑이 있었다

어느 시대든 남녀 간의 애절한 사랑 전설은 있기 마련이다.

백발의 은빛 갈대처럼 주름진 내 모습을 보면서, 까마득한 옛날 옛적에 지옥에 떨어져도 무섭지 않던 청년 시절에 내 옆에 한 앳된 소녀가 있었다.

성시경 노래 중 「너는 나의 봄이다」라는 노래에는

'보고 싶다 / 안고 싶다 / 네 곁에 있고 싶다 /아파도 네 곁에 잠들고 싶다.'라는 가사가 나온다.

신성일 엄앵란, 김영삼 손명숙, 김종필 박영옥, 백건우 윤정희, 장동건 고소영, 배용준 박수진 커플들처럼 크고 화려한 사랑은 못 해봤지만, 50년 전 군부대 주변에서 몸 파는 소녀와 이 세상에서 가장 낮고 천한 계급의 두 남녀가 만나 평생 잊을 수 없는 꽃띠 사랑을 했었다.

사랑은 정신의 죽음이라 했던가? 오장육부가 오그라져 내리는, 1,000도의 뜨거운 쇳물이 녹아내리는 듯 가슴 설레던 50년 전 사랑이 많이 보고 싶고 안고 싶다.

때는 바야흐로 1968년 늦가을, 월남에서 막 돌아와 자대 복귀하던 첫 주말이었다.

아는 동료 하나 없는 텅 빈 내무반에 혼자 앉아 있기가 싫어서 외박 신청을 하고, 낮 11시경에 경기도 연천군 가을 들판에 띄엄띄엄 늦가을걷이를 하는 농부들을 보며 고향 생각에 혼자 논두렁을 걷고 있을 때 앳되고 참한 백조 같은 한 소녀와 마주쳤다.

누가 먼저랄 것도 우리 둘은 서로를 약속 장소에 나온 남여 커플처럼 논 가운데 쌓아놓은 볏짚 위에 나란히 걸터앉아서 이야기를 시작했다.

그녀의 고향은 강원도 영월이며 그날따라 고향 생각이 나서 가을 들녘에 나왔는데, 나를 만나게 되었다고 씨익 수줍게 웃었다.

스완 소녀의 이름은 미숙이고 나이는 20세, 아버지는 교편 생활을 하신다고 했다. 맑고 아름답고 수정 보석처럼 청순한 강원도 처녀와 경상도 총각의 사랑은 이렇게 필연처럼 시작되었다.

그때 미숙이와 자주 간 곳은 부대 주변 제과점과 띄엄띄엄 있던 다방과 여인숙이 고작이었으며, 새소리 바람 소리 들으면서 별 보고 달 보는 것을 연애의 정석으로 알고 있던 그 시절의 사랑이야말로 진정한 순애보가 아니었을까 싶다.

어느 일요일 아침으로 기억한다. 스완 소녀 미숙이와 늦잠에 빠져있을 때, 동네 사람들이 모여 왁자지껄 떠들기에 군인 정신이 충만했던 나는 단숨에 벌떡 일어나 창문을 열고 무슨 일이냐고 물었다. 그랬더니 사람들이 산에 잣 따러 간다고 하기에 나와 미숙이도 부랴부랴 그들을 따라 산에 갔다. 잣나무를 흔들어 떨어진 잣송이를 한 아름 안고 나를 향해 달려오며 함박웃음을 짓던 소녀의 그 아름다운 미소가 50년 세월이 흐른 오늘도 이 경상도 사나이의 오곡 간장을 녹인다.

잣나무와 소나무는 늘 푸른 큰 키 식물로서 한 해 40만 개 알갱이를 잉태하며 그 모양이 마늘모처럼 서로 비슷하고 맛도 고소하며, 진한 향 때문인지 반평생이나 나의 가슴속에서 지워지지 않고 있단다.

이 세상에서 가장 기쁜 것은 남자와 여자의 사랑이며, 가장 행복한 것은 그 사랑 속에서 2세를 얻는 것이고, 가장 아름다운 것은 그 연인을 잊지 못하는 연민이라고 공자는 말씀하셨다.

외딴집 두 평 자취방에 살면서 미숙은 군바리 애인의 속쓰림 걱정해서 깊이 감춰둔 쌈짓돈으로 찬 서릿발이 자욱한 이른 아침에 나가 콩나물국, 달걀찜, 깍두기, 마늘장아찌, 두부찌개와 전 등 먹기가 미안할 만큼 정성을 쏟아부은 진수성찬 밥상을 차렸다. 그건 조선시대 어느 대왕도 못 먹어 봤을 것이다.

스완 소녀 미숙아~! 호주에 몬테네그로란 여성은 1만 91명의 남자와 잠자리를 한 전직 매춘부였는데도 전 세계 뭇 남성들이 그녀에게 청혼해오고 있다 한다.

미숙아~! 너와 나의 꿈은 아득한 옛날 50년 전에 멈췄지만, 너에 대한 나의 사랑만은 해와 달이 아무리 바뀌어도 변하지 않는다.

미숙아~! 이 세상에서 너를 사랑하는 사람이 열 명 있다면 그중 한 명은 나일 것이며,

미숙아~! 이 세상에서 너를 사랑하는 사람이 한 명만 있다면 그 또한 나일 것이며,

　미숙아~! 이 세상에서 너를 사랑하는 사람이 한 명도 없다면 그것은 내가 이 세상에 없기 때문일 것이다.

　미숙아~! 이 세상에는 거짓 사랑도 있고, 그저 그런 사랑도 있으며, 아름다운 스완 사랑도 있단다.

　나의 사랑 스완 미숙아~! 너는 나에게 별빛이었고, 달빛이었고, 햇빛이었다.

　이 세상 어딘가에 미숙이 너가 살아있다면, 까치와 까마귀가 은하수 다리를 놓아준 오작교에서 1년에 한 번씩, 칠월칠석날만이라도 서로 만나면 안 될까?

　나 청송 윤 병장은 오늘도 어김없이 은행잎 떨어지는 가을 길을 혼자 쓸쓸히 걸어가면서 미숙이, 너를 보고 싶어 하늘 보며 눈물을 흘리고 있단다.

　"여보, 다른 사람들도 우리처럼 서로 예뻐할까요? 남들도 우리와 같은 마음일까요? 빨리 당신 곁에 가고 싶어요, 여보."

　이것은 420년 전, 경상북도 안동시 정상동에 살던 원이 엄마란 여인이 31살에 요절한 남편의 시체를 앞에 놓고 슬픔에

잠겨 눈물로 써내려간 애절한 사랑의 편지란다.

절절한 사연이 너무도 간절하고 억울했던지, 400년 동안 흙속에 묻혔어도 썩지 않고 후손 세상에 발견된 아름다운 사랑의 한 구절이다.

누군가는 말했다. 아름다운 것은 짧지만, 그래서 짧은 것은 귀하다고 말이다. 석양에 지는 그림자가 아름다운 것은 자신의 과거가 숭고했기 때문이 아닐까?

미숙아~! 너와 나는 청춘 열차에서 만난 젊은 날의 연인 사이였다. 숨어 살아야 할 죄인도 아니고, 불륜 관계도 아니며, 잊혀야 할 사랑도 아니다.

고구려 제22대 안장왕이 신분이 다른 백제 여인을 만난 것처럼 나도 언젠가는 미숙이를 왕비처럼 만나고 싶구나.

1968년 1월, 북한군 특수부대원 31명이 우리 청와대를 습격했으며 이것을 일명 김신조 무장공비 사건이라 부른다.

그 시절 군인들의 사적인 연락은 부대 앞 상점에서 했으며, 김신조 사건이 터지면서 전 중대 병력이 비상작전을 나가게 됐고, 소대원 대부분은 트럭 전복사고로 동료 대원들이 죽거나 군 병원 이송으로 뿔뿔이 흩어져서 오랫동안 자대 복귀가 늦어졌었다.

전에 미숙이 자취방에 미군 PX 물건들이 간혹 보였는데. 언니 뻘 이웃 아주머니와 본격적으로 보따리 행상하려고 의정부 시내로 이사했다는 편지를 받았을 때는 이미 두 달이 지난 후였다.

부랴부랴 편지 주소로 그녀를 찾아갔을 때는 아주머니와 미숙이 둘 다 집에 없어 만나지 못한 채 부대로 돌아왔고, 두 번째로 다시 그녀의 집에 찾아갔을 때는 그곳을 떠난 뒤였다.

이렇게 해서 미숙이 와 나는 영영 이별하게 되었다.

그 후 민간인이 된 후에도 여러 차례 멀리 의정부까지 그녀를 찾아갔으나, 개인 전화가 없던 그 시절에 정확한 호적 이름도 모르는 탓에 그녀와의 꽃띠 사랑은 영영 슬픈 결말이 되고 말았다.

한때 개인 사정으로 몸을 팔았던 여성을 찬성할 수는 없지만, 또 나쁜 편견으로 봐서도 안 될 것이다.

■ 코리아 디즈니랜드(Disney land) 건설은 언제쯤?

청년 실업자 40만 명에 취업은 고작30~35%(15만 명)에 불과한 상황에서 박근혜 정부의 정책 기조를 믿고 있는 우리 국민이 참 안쓰럽다.

어린이들의 천국, 판타지 세계 디즈니랜드는 월트 가문의 상상력을 실행에 옮겨놓은 동화의 나라다. 그 작은 상상력으로 만들어낸 테마파크가 바로 지금의 디즈니랜드가 되었다는 것이다.

나로호 천문연구만 어린이들의 꿈과 지능을 열어 준다는 생각은 잘못됐다.

감동과 찬사와 기쁨이 교차하는 오싹한 귀신 동굴과 호반의 천국, 마법의 왕국인 코리아 디즈니랜드, 동화 테마파크를 건설하기 위해 내 힘이 닿는 데까지 노력할 것이다.

디즈니랜드 테마파크는 미국 애너하임 본부와 플로리다 지점을 넘어서서, 1983년에는 일본 지점까지 확장되었다. 디즈니랜드를 건설하려면 엄청난 재원이 요구되지만, 나는 국민들과 머리 맞대고 디즈니랜드 건설을 심사숙고하려고 한다. 미국 1인 입장료가 10만 원으로 코리아 디즈니랜드에 연인원 천오백만 명이 입장한다고 보면, 1조 4천억 원(14억 달러)라는 수익이 나며 여기서 원천기술 로열티와 경비 등 50~60% 정도를 빼더라도 1년에 7천억 원 정도는 벌 것이다. 코리아 디즈니랜드 테마파크가 건설되면 엄청난 고용창출(雇用創出) 효과도 기다리고 있다.

그러나 코리아 디즈니랜드를 건설하려면 비용 또한 만만치 않다. 하여 낡은 서울 어린이 대공원 부지를 매각하고 중주지방 상주~황간 쪽에 코리아 디즈니랜드를 건설했으면 하는 것이 미래세상을 위한 나의 솔직한 생각이다.

서울 시민들의 반대가 하늘을 찌르더라도 1,000년 후에 우리 후손들을 생각하면 중부 청주시로 새 수도를 이전하고, 중남부에 운하를 건설하고, 코리아요요와 코리아 디즈니랜드를 건설해야만 후손 행복이 보장될 것이다.

코리아 디즈니랜드가 우리 땅에 건설되면 어린 동심들의 지능 발달에 높은 도움이 될 것이다.

아파트 단지마다 놀이터를 만든 것도 어린이들을 위함이 아니냐?

접착제 원리 역시 나무를 타고 오르는 동물들의 발바닥에서 영감을 얻은 것이고, 민들레 씨앗이 날아가는 것을 보고 낙하산을 착안했으며 새들의 착지를 보고 비행기 이착륙하는 아이디어가 나왔다고 한다.

자연에서 얻는 생체 모방기술은 실로 무궁무진하다.

우리 대한민국은 세계 최고 스마트 하이웨이를 만들어놓고도 법규를 지키지 않아서 무용지물이란다.

나는 서울-한강, 부산-영도, 대구-수성호수, 그리고 진주-남강에 철교백화점(鐵橋百貨店) 브리지를 건설하여 사계절 실내 휴식처를 만들어, 내국인과 외국인이 함께 밥을 먹고 함께 즐길 강물 위에 휴식공간을 건설하여 세계인들이 우리 한국을 오래오래 기억할 수 있는 상징성 랜드마크를 세울 것이다.

1889년에 준공된 파리의 에펠 타워(Eiffel tower) 철탑이 파리의 상징물이라는 사실은 누구도 부인 못 할 것이다.

지금 세계인들은 파리 에펠 타워 때문에 파리를 더 가보고 싶어한다. 에펠 타워는 준공 당시에도 흉물 논란 대상이었지만, 외국인들은 그 에펠 타워를 보기 위해 지금도 구름떼같이 모여들고 있으며 에펠 타워는 약 1,000억 달러의 가치를 지니고 있다 한다.

독일 뮌헨에 있는 쿠빌리스(Cuvilis) 오페라극장은 왕족 전용으로 지어졌지만, 전쟁 중에 내부 장식 조각품들을 뮌헨 시민들이 가져가서 보관했다가 전쟁이 끝난 뒤에 다시 그 자리에 갖다 놓아서 지금도 옛 모습 그대로 볼 수 있다고 한다. 사치와 치장에만 정성 들이는 우리 국민들은 뮌헨 시민들의 성스럽고 아름다운 고전 철학을 배워야 할 것이다.

5년 안에 남북한의 국방 방위가 통합될 것으로 확신한다

핵 앞에서 핵 개발로, 사드 배치로, KAMD, UN 경제제재, 개성공단 철수로 맞서는 것은 합리적인 방법이 아니다.

우리 땅 안에 사드 레이더를 배치하는 것은 분명히 반대하지만, 그러나 핵 개발이 북한의 자위권이라면 사드 배치기지 건설 역시 우리 대한민국의 자위 권리이다.

북한 정부에서 사드 기지 파괴 운운하는 철부지 장난은 당장 멈춰라~!

한반도에 국방 안전보장이 성사되면 즉시 미군철수를 시작하고, 미군 부대 점령 부지 100%를 반환받아서 개성공단 같은 신 산업공단을 건설하여 북쪽 노동인력 수십만 명이 남한에 와서 산업생산에 동참할 수 있게 되며 경제, 문화, 관광까지 남북이 함께 윈윈 할 것이다.

북한 근로자 30만 명이 서울에 와서 노동한다고 해서 북한의 체제 결속이 무너지는 일은 결코 없을 것이다.

EU 셍겐 조약, 즉 유럽 20여 개 국가의 국경 통과법도 합의하는데, 한반도 두 나라의 근로자 합의를 못 한다면 역사의 죄인이 된다.

현재 중국 5~6만 명, 러시아 3~4만 명, 이밖에 중동국, 아시아 등 국외 파견된 북쪽 근로자 수는 어림잡아 10만 명 이상으로, 이들은 외국에 나가 외화 노동을 하고 있는 것으로 알고 있다.

신창민 박사는 몇 년 전에 LA 강연에서 남북통일만 되면 매년 11%의 경이로운 경제 성장이 올 것이며, 그래서 통일은 대박이며 통일은 경제 엔진이고 경제 대국으로 가는 기회라고 했다.

학교에서 통일에 관한 설문 실태조사에서 초등학생 71%, 중학생 54%, 고등학생 48%가 통일이 필요하다고 하며, 이 정도로 통일은 남북 서로에게 로또 사업이다.

남과 북이 DMZ 개방부터 하고 그다음 민족여행 왕래를 시작해서 1단계, 2단계, 3단계로 나누어 차근차근 완전 통일을 준비해나가는 것이 정답일 것이다.

동독의 베를린 장벽이 무너진 지 약 25년이 흐른 지금도 동서독인들의 사회적 이질 통합은 아직도 진행 중이다.

2014년 현재 남한 인구 5천만 명에 북한 인구 2천2백만 명이며, 남북의 경제 규모 차이는 엄청나다.

천문학적 통일비용과 남북한의 경제적 차이, 그리고 사상과 단고기(개고기) 식용문화 등의 문화 장애물들이 산적해 있는데, 1국 1체제 통일은 시기상조이다.

위에 서두에서 말했듯이 통일 대안 방법으로 황해남도를 남쪽에 임대하는 것만이 북한 정부가 고립무원을 탈피할 수 있는 길이 될 것이다.

황해남도가 없어도 2,200만 북한에 인민들이 살아가기에는 북한 땅이 충분하며 또 이사를 원하지 않는 북한 주민은 황해남도에 살아도 된다.

지금 북한당국이 평양 국제도시 추진과 각종 20여 개 경제특구 개발을 시작해놓고 외부 자본과 투자심리를 위축시키는 핵, 미사일 발사 등 병진 정책 때문에 북한 정부를 고립(孤立)시키고 있다.

북한은 세계인 앞에 내놓을 관광 자랑거리가 너무 많이 있다. 천하 명산 백두산 관광도 있고 대동강, 압록강, 두만강, 개마고원, 그리고 동번포~서번포 등 천혜의 자연 보석들이 북한 곳곳에 널려있다.

　이런 값싸고 질 좋은 관광 상품과 농어민들의 작물 생산, 그리고 싱싱한 저임금 노동력과 황금 수입을 묶어두는 것은 참 슬픈 일이다.

　개마고원은 내가 초등학교 시절에 선생님께서 들려준 이름이다.

　한반도에 안전보장 협약이 성사되는 날, 나는 개마고원을 먼저 가보고 싶다.

　남과 북이 전쟁 전면전이 시작될 경우에는 우리 남한의 산업피해는 엄청나겠지만, 반대로 북한의 수십 개 주체 동상과 김일성광장은 파괴될 것이며 군부와 인민들은 멸망하고 북한 전역은 불바다로 자멸할 것이다.

　전쟁 사상을 버리고 남쪽으로 노동인력을 파견하는 통 큰 문호를 개방한다면 북한 인민들은 이밥에 고깃국은 물론, 북한지역 방방곡곡에 더운물이 콸콸 흐르고 고대광실 큰 집에서 풍악을 들으며 태평성대하게 융성한 삶을 살아갈 수 있게 될 것이다.

1961년 11월, 우리 박정희 전 대통령이 독일에 가서 파독 광부 임금과 파독 간호사 임금 3년 치를 차관해 와서 가난하던 우리 국민의 먹거리를 만들어주었다.

박정희 전 대통령의 헝그리 정신을 북한 정부는 배워야만 한다.

우리 남한은 싱싱한 북쪽 노동력이 절실히 필요하다.

지금 우리 남한의 경제 규모는 북한의 40~50배 정도로 높다. 북한의 경제가 성공하려면 전쟁심리를 포기하고 조건 없이 38선 DMZ를 부숴버리는 안전보장협의를 이루어내는 것이 가장 현명한 답일 것이다.

우리 남한 국민들은 피의 동족살상 6·25전쟁을 똑똑히 기억하고 있다. 가난과 배고픔을 참고 아기들 황금 돌 반지를 모으면서 셋방살이, 더부살이하면서 억척스럽게 피눈물 나는 절약으로 세계 경제 10위권에까지 성장했다. 그러니 우리 국민들이 모은 나라 살림을 안전보장협약체결 없이 북한 정부에 통 큰 선물을 퍼주는 바보짓은 안 할 것이다.

국방 안전보장에 합의하고 황해남도를 남한에 임대하는 것만이 북한의 미래이다. 우리 남한 역시 미군에 의존하는 한미 연합 방어체계를 폐기 처분하고 남과 북한이 공동 국방 주권으로 우리 국방정책 기조를 바꿔야 한다.

세계 경제 10위권 나라가 국방 전시작전권리를 남의 나라에 맡기는 것은 그 유례가 없으며, 남의 나라에 도움 요청하는 것도 6·25전쟁 한 번으로 끝내야 한다.

강대국에 의지하거나 북한에 핵무장과 미사일 사정거리에 겁먹는 철부지 대통령에게한반도 통일은 오지 않는다.

자신이 없으면 손을 대지 말던가, 박근혜 씨가 대학에서 뭘 공부했길래 뭐가 겁나고 불안하고, 뭐가 급했길래 다음 정부가 할 일(전시작전권 연장)을 가로챘고, 한반도에 사드 배치까지 결정하는 우유부단한 박근혜의 철부지 생각을 재고하기 바란다.

북쪽 손님 못 들어오게 문 꽁꽁 걸어 잠가놓고 유엔, 독일, 중국에 가서 한반도 통일을 논의하는 박 정부의 생각은 한심스럽다.

나, 청송남아는 외세 개입 없이 남북한 우리끼리 머리 맞대고 한반도의 평화 안전 브리지를 놓아서 콩 한 조각이라도 북한 인민들과 함께 나눠 먹을 준비가 되어 있다.

핵폭탄. 미사일 위협 때문에 핵우산 밑으로 들어가 킬 체인(KAMD) 미사일 방어, 공지대 타우러스, 전자 기력탄두, 사드 등으로 맞서 한해 방위비만 40~50조 원으로 늘리는 모순된 국방 전략은 국가 발전을 후퇴시키는 아주 아주 못난 짓이다.

핵 개발 제거에 매달려서 남북한의 공동이익과 경제 발전이란 보석을 잃어서는 안 된다.

나는 북쪽의 노동인력에 큰 관심을 두고 있다.

북한 노동력이 남한 땅에 상주할 경우에 우리 고학력 사회에 좋은 경종이 되고 교훈을 줄 것이다.

지금 우리 남한은 청년인턴 경쟁률이 100대1이며 청년 취업은 하늘의 별 따기지만, 농촌 지방은 언제나 일손 노동력이 부족한 현실이다.

남한에 외국인 체류 인원은 현재 줄잡아 1백만 명 이상이며 남한의 생산현장은 외국인 노동인력으로 유지되고 있어서 북한의 노동인력을 손꼽아 기다리고 있다.

북한 주민은 남한에 와서 노동만 할 뿐 서울에 눌러사는 것은 불가능하게 법으로 정해놓으면 된다.

1960년대, 우리 국민들이 미국 나라를 무작정 동경했듯이 북한 인민들이 남한을 동경하는 것은 배가 고프기 때문일 뿐

배만 부르면 전혀 문제 될 것 없다.

북한이 가난을 벗어나는 길은 황해남도를 남쪽에 임대하는 길뿐이다.

임대 조건의 첫 번째, 군 병력과 군사장비, 그리고 군비감축이 선행되어야 하고,

두 번째, 노동시장을 전면 개방하고 한국 자본시장의 발전 모델을 배워야 하며,

세 번째, 조목조목 통계연감 데이터를 작성하여 평양을 찾는 세계인들에게 감춰진 비밀을 사실대로 진솔하게 안내해야 하며,

네 번째, 소비자들이 부족한 생필품부터 대량 생산을 해야 하고,

다섯 번째, 경제 산업 아이디어를 공모하여 나라 곳곳에 광고 배포하고,

여섯 번째, 시장 자유화, 경제 사유화로 북한 전역을 조건 없이 개방하여 애국, 충성 정신을 고취해야 하며,

일곱 번째, 풍부한 전력을 보유하는 길은 남한과 국방 공동 방어를 구축할 때야 가능하며,

여덟 번째, 토지나 부동산 등 국가의 재산과 토지 기준시가

를 정해놓아야 하며,

아홉 번째, 만수대 예술 창작사에 자유 소재 선택권을 주어야 하고,

열 번째, 북한소년단의 나치식 경례를 없애고 전쟁 선동 공포증을 유발하는 행동을 중지하고, 지극히 위험하고 민중을 괴롭히는 태양절 불꽃 군중 행사를 없애야 하며,

열한 번째, 지금이라도 전국에 나무 심기 동원령을 내려서 북한의 민둥산을 푸른 국토로 바꿔 놓아야 한다.

그리고 자연과 산림녹화가 총알보다 더 소중하다는 것을 인민들에게 일깨워 줘야 한다.

최근 북한이 테러 자금 세탁 감시기구인 APG에 가입한 것과 국제적 규격 규정을 준수한 성의를 높이 평가해주고 싶다.

5·24조치를 우리 측이 먼저 해지한다고 해서 남북한의 사상대치가 해소되는 것이 아니며, 남북 양측의 안전보장과 자유 여행 왕래의 큰 틀을 만들어내는 것이 중요할 것이다.

한반도 통일의 난이도 현안들을 테이블 위에 올려놓고 허심탄회하게 논의하여 2국 2체제 국방 안전보장 협의 문 초안에 서명만 한다면 한반도는 안보통합, 경제통합, 문화통합, 관광 여행 통합, 그리고 노동자 교환까지 모든 문제들이 물 흐르듯

이 해결될 수 있을 것이다.

'국방 안전보장 협의문' 도출에 성공하면 그 합의된 내용을 국민투표에 부쳐서 찬성이 우세할 경우에 유엔, 중국, 미국, 러시아, 영국, 독일 대표들이 함께 입회하여 공조 서명 날인 절차를 밟게 될 것이다.

국방 안전보장 협의문 절차 없이는 한반도에 봄은 오지 않는다.

1962년도에 북한은 한반도 평화협정 조건으로 미군철수를 요구했으며, 1993년도에 북한은 평화 협정체결과 동시에 유엔군 사령부 해체를 요구했었고, 2006년도에 북한은 선 평화협정 후 핵 포기를 주장했으며, 2007년도에는 노무현 전 대통령과 김정일 위원장 회담에서 한반도의 항구적 평화협정 체제를 구축하기로 한 것으로 알고 있다.

나는 7·4공동선언과 6·15공동선언, 그리고 10·4공동선언과 5.24조치 해제까지 모든 문제를 테이블 위에 올려놓고 남북공동 국방 협의체 발족을 원하고 있다.

1961년 남한이 새마을사업에 성공한 데 자극을 받고 내부 결속은 핵무장뿐이라고 김일성이 극단적 선택을 한 것이기에 핵은 북쪽의 국기(國基)로 보인다.

그래서 북한의 핵 프로그램은 엄청난 비용 소모가 있었고, 또 지금 와서 핵을 내려놓으라 요구하는 것은 북한으로써는 무장해제 하라는 것과 같으며, 그렇기에 북한의 핵 포기 협상은 절대로 불가할 것이다.

1964년 우리 근로자들이 서독에 간호 근로자 파견 때처럼 북한 노동자들만 남한에 와서 1~2년간 돈 벌어갈 수 있게 연어가족, 즉 노동자협약을 체결하면 북한경제는 하루가 다르게 고속 성장할 수 있을 것이다.

2013년 현재, 남북의 국민총소득은 18배 정도로 차이가 난다. 파워 에너지는 11배 차이로 남한이 월등히 높다.

북한노동인구 5백만 명 중에 20~30만 명이 남한에 와서 노동한다고 계산할 때 노임으로 가져갈 북한당국의 노동소득은 엄청날 것으로 예상한다.

장밋빛 그날이 오면 현재 남한에서 노동하고 있는 외국인 근로자 절반을 자기들 나라로 돌려보낼 것이다.

한반도 문제는 어려운 난이도 공법을 쓰지 말고 쉽게 쉽게 풀어나가자!

여기까지 서로 신뢰가 쌓이면 북한 특구개발 등 인프라 건설에 우리 남한이 전폭 지원해줄 수도 있다.

380~400조(4,000억 달러)란 천문학적 금액은 남한 정부의 1년 나라 살림이다.

세계 강대국들도 얕잡아볼 수 없는 세계 경제 14위 나라가 한국이라는 것을 북한당국은 인정해야 한다.

우리 남쪽 나라 자유 대한민국은 국민이 주권을 가지고 있다. 그래서 국민의 마음을 거슬리게 하면 남한 대통령은 병든 소처럼 주저앉을 수밖에 없다.

우리 국민의 안녕과 번영만 보장된다면, 북한체제(독재국가, 3대 세습, 백두혈족, 유일영도, 인권유린 등)의 내정에는 전혀 관심이 없다.

내가 보는 북한의 미래는 외길뿐이다. 김정은의 3대 세습체제와 백두혈통에 영구히 성공하려면 국방 안전보장협의체에 서명하는 길이다.

북조선이라고 자유경제 사유화 못하란 법 없지 않느냐?

북조선이라고 세계 경제 10위권에 못 들란 법 없지 않느냐?

나는 북한 내부의 트룬제 사건과 같은 쿠데타, 정변, 통일 모두 반대하며, 남북 양측이 체제 변화 없이 이대로 두 나라의 국방 안전보장만 되기를 바란다.

북한이 전쟁 도발을 자행할 경우, 미국 핵잠수함에서부터 일명 삼지창이라 불리는 UGM-133 트라이던트(지하 20미터까지 뚫고 들어가는 무기), 벙커버스터 GBU-28 등 가공할 무기와 미사일이 발사되면 30분 안에 북한 핵은 궤멸된다.

남한 쪽에서 선제공격할 경우 각종 전투기 폭격기와 8천 개의 미사일, 정밀유도탄이 김정은 관저에 투하되고, 평양거리 곳곳에는 눈 깜박할 사이에 참수의 불꽃이 타오를 것이다.

이것이 1차 공격이며 2~3차까지 공격하면 북한군사 기지의 70%가 파괴, 궤멸되고 신의주까지 불바다가 된다.

이런 사실은 중국도 알고 러시아도 알고 있다.

■ 한참 무능한 지미 카터와 조지 부시 부자

1979년 11월, 이란 주재 미국대사관 직원 50여 명이 이란 과격 대학생들에 의해 인질로 억류되어, 당시 미국 대통령이 던 지미 카터는 그것을 해결 못 하고 물러났다. 그의 무능한 뒤통수에 나는 침을 뱉은 적이 있었다.

그 후 1년 이상 이란대사관 인질 문제를 더 끌다가, 사건 발생 440일 만에 호메이니 이란 대통령에 의해 인질사건이 종식되었다. 그런데 그렇게 무능한 지미 카터는 국제정세를 뭘 알기에 한국의 군사독재 시절에 만들어진 억압적인 국가보안법이라느니 악법 운운하면서 분단국가의 사정은 직시하지 않은 채 남의 나라 내정 법에 감 놔라 배 놔라 하느냐? 카터, 너나 잘하지 그랬냐?

그리고 조지 부시 부자는 전쟁광으로 죄 없는 중동사막 이라크를 침공하여 사담 후세인을 죽이고 수십만 명의 무고한 이라크인들이 희생양이 되었다. 이 때문에 미국의 젊은이들이 아무런 애국적 의미도 모른 채 희생되었다. 급기야 이라크의 종교 정파 대립으로 지금 수니파 IS가 일어나 전 세계의 민주 질서를 대혼란으로 만들고 있으며 고고 역사 문화재 유물을 파괴하는 주범이 되고 있다.

미국은 아프가니스탄 전쟁에까지 개입하여 전 세계에 자국의 명예를 더럽혀 오사마 빈 라덴을 탄생시켰으며, 9·11테러 사건이라는 미국 역사상 가장 부끄럽고 치욕적인 역사적 실수를 만천하에 드러냈다.

미국의 자존심을 송두리째 말아먹은 그 주범이 바로 텍사스 농사꾼 출신 조지 부시 부자이며, 조지아주 플레인스의 농장주 지미 카터의 스마일 때문에 미국 유권자들이 녹아버렸었다.

1979년 이란대사관 인질 당시, 카터 대통령이 명분 있게 이스라엘과 합작하여 구출작전이든 전쟁이든 즉시 시작했었다면 이라크전쟁도 없었을 것이고, 미국에 젊은이들의 무모한 희생도 없었을 것이며 지미 카터는 국민적 영웅이 되었을 것이다. 국민이라면 나무 열매만 보지 말고, 안 보이는 나무뿌리도 볼 줄 알아야 할 것이다.

대통령과 축구 국가대표 감독은
전략 면에서 대동소이하다

경쟁하기엔 너무 먼 당신, 가깝고도 먼 우리 축구의 실력이 나를 연일 슬프게 하고 있다.

우리 조상들은 축구를 몰랐을 것이 당연하다. 반면에 가만히 서 있어도 땀이 줄줄 흐르는 무더운 브라질의 선조들은 이열치열 건강비법으로 소의 낭심을 묶어서 공처럼 찬 것이 오늘날 축구의 제왕이 되는 기틀이 되었다.

브라질은 어떤 나라인가?

인구 2억에 국토 면적은 한반도의 43배 크기며, 전 세계 산림의 30%를 차지하고 있고 거대한 산소 밀림 아마존이 있으며, 철광석, 알루미늄, 석유 등 천연자원이 많고, 브라질 하면

예수 동상, 예수 동상하면 브라질이라 할 정도로 축구 나라를 상징한다.

우리 한국인이 브라질인과 인연이 된 것은 1963년 2월 12일이다.

우리 농업 이민단 103명이 55일간의 남대서양 선박 항해를 마치고 브라질 산토스 항구에 도착하면서부터 양국 간 인연이 시작되었다.

그때 우리 농업이민이 성공을 거두었더라면 지금쯤 아르헨티나, 파라과이, 우루과이, 브라질 등에서 많은 남미 이민 쿼터가 확장될 수 있었을 것이며, 축구 문화가 더욱 일찍 한국에 들어왔을 것이다. 나는 초중고등학교 축구 유망주를 선발하여 칠레, 가나, 파라과이, 아르헨티나, 브라질, 네덜란드, 독일, 스페인 등 여러 나라에 30~40명씩 나누어 축구 국비 유학을 보내고 싶다.

중국은 축구 전문학교가 많이 있으며 축구선수를 미래 산업으로 국가 브랜드화로 양성할 계획인 것 같다.

현재 축구 전문학교에 외국인 코치들만 수백 명이 초청되어 선수들을 가르치고 있다 한다.

게다가 2020년까지 축구 전문학교를 2만 개로 늘리고 축구

선수 5,000만 명을 육성하겠다는 야심찬 얘기도 나오고 있다.

축구는 발재간과 순간적인 감각, 동작에 의한 다자가 서로 얽혀서 부딪히며 하는 와일드한 경기인 만큼 볼을 우군 편에 연결하는 스루패스를 어떻게 누구에게 패스해야 하는지, 효과적인 발리슛을 어떻게 쓸 것인지, 그리고 기술 순간 시야 감각을 넓히는 것에 대한 훈련을 해야 한다.

시야를 넓게 보고 골인 찬스를 만드는 순간 감각은 학교에서 배우지 않는다. 무학일지라도 지구력만 풍부하면 우수한 최고의 선수가 될 수 있다.

무학보다는 배움이 있으면 개발 응용에 도움은 되겠지만, 맹자 어머니와 정몽주 어머니, 유관순, 신사임당 등 역사를 빛낸 수많은 여성들은 남정네 등 뒤에서 담뱃재 청소나 하면서 글공부는 꿈도 못 꾼 무학들이었다.

리듬 감각으로 상대 골문을 뚫는 동물적 각선 감각이 축구 선수들 몸에 배어 있어야 한다.

공부와 달리 축구는 피눈물 나는 육체와 정신 리듬, 기술 훈련으로 기본 내공을 쌓고 애국정신과 영감적 판단을 행동으로 연결하는 스포츠다.

경기 시작 첫 10분 동안 철저한 방어벽을 세우는 게 최선의 공격이다.

대통령과 축구선수는 판단력이 무기다. 슈팅 할까, 말까? 전쟁할까, 말까? 오랑캐들이 쳐들어왔을 때처럼 볼을 가지면 1초 안에 다음 행동을 생각해야만 골든타임을 얻을 수 있다.

국정 운영하는 대통령과 축구선수를 훈련시키는 감독의 전략은 대동소이할 것이다.

대통령과 축구 감독은 큰 것은 같고 작은 것이 서로 다를 뿐이다.

대통령과 축구 감독은 통솔 능력과 지구력과 판단력과 전략이 남들보다 앞서가야만 국민들이 행복할 것이다.

대통령과 축구 감독은 국민을 행복하게 해줄 능력이 없으면 무식한 애국정신이라도 있어야 한다.

2014년 FIFA 월드컵 경기에 한국축구를 보면서 나는 답답해서 숨넘어갈 듯싶었으나, 그런데 미국 축구를 보고 그나마 위안을 받았었다.

상대전술에 말려들어 우왕좌왕할 때는 감독의 전술 전략이 절대적으로 필요하다. 선수 전원이 진정 감각으로 전환할 수 있게 비상시 작전대책이 24시간 항상 감독에게는 준비되어 있어야 한다.

2015년 6월, 캐나다 여자 월드컵 8강 프랑스전에서 내가 한국 여자팀의 감독이었다면 지더라도 3:0 패배는 안 했을 것이다.

2016년 봄, 한일 리우올림픽 예선결승 경기에서 후반 20분까지 우리 팀이 2:0으로 이기고 있었는데, 선수들의 썩은 수비 정신으로 3:2 역전패했다.

2016년 9월 1일 저녁, 러시아 월드컵 예선 1차전 홈경기에서 전반 40분경에 중국에 1:0으로 우리 팀이 이기고 있을 때, 어느 한국 선수는 연신 부정확한 패스에 슈팅을 해도 공중으로 헛볼이나 날려 분통이 터졌다.

매 경기 시작 전후반 5~10분이 가장 위험한 시간이다. 이때는 전원 수비책이라는 게 선수 두뇌에 항상 잠재해있어야 하는데, 그것이 부족했었다.

전원 수비할 때는 앞문을 열어놓고 양쪽 윙 문을 걸어 잠그면 볼이 골대 안으로 들어올 수 없다. 우리 감독의 전략 미숙이 경기 시작도 하기 전에 이미 패배했던 것이다.

결승전에서는 세계 최고의 일본 여자대표팀이 경기 시작 16분 안에 약체 미국팀에 4골을 허용하고, 축구역사에 길이 남을 허무한 패배를 했었다. 명백히 일본 감독이 첫 시작 10분의 중요성을 망각했기 때문이다.

대통령과 축구 대표감독은 고도의 두뇌 플레이를 해야만
후손 국민이 행복해진다.

개구리 벌판에서 방향 감각 없이 뛰는 철부지 잠룡에게 나
라 운명을 맡기면 후손 국민은 배고프다.

국가대표 선수라면 골 찬스를 만들어내는 토끼몰이, 즉 상
대 선수를 교란시키는 기획전술에 능수 능란해야 하며 개인의
명예와 야욕 버리고 국위선양과 팀을 위해 희생할 줄 알아야
한다.

축구는 신사적으로 상대를 배려하고 고향에 두고 온 마누
라 생각하면서 재미 삼아 하는 썩어빠진 정신으로 하는 스포
츠 경기가 아니다.

멕시코 축구리그를 보면 악착같이 1대 1 마크를 하면서 90
분 내내 뛰어다닌다. 고향에 애인 생각하면서 운동장에서 놀
고 있는 선수는 찾아볼 수 없다.

배고픈 축구, 즉 헝그리 정신 축구가 몸에 배어 있어야만
축구로 성공할 수 있다.

아프리카 축구선수들의 학력은 국졸, 중졸이다. 그런데도
세계 어느 강팀과 싸우더라도 주눅 들지 않고 싸운다. 그러니

지더라도 당당하게 박수받는 국졸 축구가 되어야 한다.

세계 축구는 평준화 시대에 왔지만, 우리 한국 축구는 아직 갈 길이 멀다.

가나와 나이지리아, 즉 아프리카축구와 일본축구는 드러나게 잘하는 반면, 미국 그리스, 콜롬비아, 한국 등은 가장 못하는 약체팀이다.

일본축구의 남녀 팀은 펄펄 날고 있는데, 한국의 남녀 팀은 기어 다니고 있다.

내 눈에 보이는 축구 평가는 냉정하다. 요행으로 한 골 넣고 이기는 요행 축구는 축구가 아니다.

골 찬스를 만드는 기획과정을 보고 축구를 평가해야 한다.

일본 남녀팀은 22세기 축구를 구사하는데, 한국 남녀팀은 1960년대 축구를 하고 있다는 것이 분통 터진다.

그런데도 박 정부의 문화체육부 장관이란 자는 2015년 일회용 썩은 축구에 감격해서 여자 축구 대표 팀에 박수로 격려했단다.

제17회 인천 아시안 게임에서 우리 여자 축구 대표 팀이 북한에 2:1로 졌다는 것은 부끄러운 것이 아니다. 위험 상황일 때 볼을 밖으로 차내서 잠시 숨을 돌리는 방법과 상대 선수

발에 볼을 부딪치게 하는 볼 처리 리듬 감각이 부족하다는
게 나를 화나게 한다.

또 2016년 3월, 우리 여자 대표 팀과 호주 여자대표와 경기
에서 전반 시작 1분도 안 돼서 첫 골을 허용했다.

한국 축구역사에 부끄럽고 한심한 졸속 게임을 남긴 감독
과 기술위원들의 패배이다.

수억대 봉급을 받아먹는 축구 감독의 해이한 가르침으로는
선수들 뇌 속에 정신 무장화시킬 수 없기 때문이다.

축구에서 준준결승부터는 매 경기마다 120분을 운동장에
서 뛸 수 있는 체력과 기술 싸움이 준비되어 있어야 하며 축
구선수에게는 120분량의 체력을 길러내야 하는데, 우리 밥
주식문화로는 빵 축구를 이길 수 없다.

늦었지만 지금이라도 밥 주식을 빵 주식으로 바꿔야 할 것
이다.

20~30년 후, FIFA 월드컵의 찬란한 우승 트로피를 조국
대한민국이 가져오려면 나라를 대개조하고, 학사 축구를 개
조하고, 국민성을 개조하고, 남녀들의 결혼사고를 개조하고,
교육을 개조하고, 유행사회를 바꾸고, 명품을 개조하고, 산천
강산 병들게 하는 등산, 낚시문화를 처단해야 한다.

한국축구가 세계무대에서 살아남으려면 수비를 두텁게 해야 한다. 속공플레이, 즉 4-2-3-1전술보다 좋은 방어전술은 없다. 이 전략을 집중적으로 연마하여 구사하는 훈련을 해야 한다.

또 공중볼일 경우에 페널티박스 외에는 반드시 헤딩으로 볼을 받는 것은 정답이 아니다. 볼 터치와 패스, 드리블 기술을 요령 있게 만들 수 있어야만 세계무대에 나갈 자격이 있다.

우리 대학사회에는 기분 나쁜 얘기지만, 학력이 높으면 애국사명이 약해지며 재물 욕심과 자기 가족만 챙기게 된다.

기술위원들의 대졸 학력과 축구선수의 대졸 학력으로는 희망 없다.

중졸·고졸 저학력으로 혁신 개조하고 무식한 게임이 일상화될 때 월드컵 트로피는 우리에게 한 발짝 다가오게 될 것으로 본다.

국가대표 선수는 학력이 높으면 애국심이 약해지고 천신만고 정신이 부족하다. 아프리카에 국졸, 무학 축구선수들은 축구가 아니면 먹고살 길이 없다.

그래서 그들에게는 축구는 곧 생명이며 가족이고 조국이다.

세월호 사건 때를 보라. 국민안전처 장관들의 학력은 100%

대졸자들이었으나, 단 한 사람도 구조 못 하고 배 안에 갇힌 360명을 전원 수장시켰다.

한국축구는 기술도 없고, 뛰지도 않고, 애국심도 없다.

넥타이 매고 FIFA 월드컵에 나가는 신사 축구로는 피파컵은 그림의 떡이다.

브라질 월드컵 조 추첨에서 H조에 속했다며 알제리를 1승 제물이라 떠들며 좋아하더니, 뚜껑을 열고 보니 알제리 축구는 우리 축구보다 모든 면에서 월등히 앞서있었다.

필사즉생, 반드시 죽기 위해 싸우면 반드시 산다는 뜻이다. 북한 축구를 보라~! 선수 개인들이 조국의 명예를 짊어진 충성심만으로 파란 눈, 노랑머리 감독 없이도 19세 이하 모든 국제 대회에서 결승에 진출하는 필사즉생 축구를 하고 있다.

국가대표 축구선수라면 오직 팀을 위해 자기 패스 한 번이 골인으로 연결된다는 살신성인 정신으로 충만해야 한다.

가나와 일본축구는 어느덧 차근차근 하루하루가 다르게 패스 미싱 없이 남미 축구를 구사하고 있더라. 일본축구계 인사들이 한국축구를 한 수 아래로 평가절하하는 데 대해 나는 100% 동의한다.

감독 한 사람의 용병술로 한국축구가 달라질 수 없다. 1대

0 그 이상으로 진다면 그것은 명백한 실력 차이다. 선제골을 쉽게 먹어서 선수들이 위축됐다는 감독들의 3살 아이 논리는 축구사회에 성립될 수 없다.

축구는 패싱게임(Passing Game)이다.

공을 드리블할 때, 봉신연의 만화 주인공처럼 윙어 선수의 질주 능력과 센터포워드의 화려한 질주 기술의 향연을 보여주는 번개 스트라이커 선수를 길러내야 한다.

화살처럼 속공 드리블로 남들보다 한발 앞서 바람을 가르는 번개 육상 선수를 양성해야만 피파 월드컵 트로피가 우리 앞에 보일 것이다.

손흥민 선수를 볼 때마다 하루가 다르게 성장해가는 축구 재목이 한눈에 보인다. 단, 윙어 포지션으로 90분 동안 슈팅 찬스를 두세 번밖에 만들지 못하는 것은 국제 선수기준에 아쉬움이 남는 대목이다. 하지만 손 선수 나이 23~24세로 아직 운동 전성기가 아니다. 2~3년을 더 연마한다면 세계적 축구선수로 손색이 없을 것이다.

아프리카 가나와 나이지리아 선수들은 90분 동안 자기 몸 아끼지 않고 플레이하는데, 실로 감탄했다. 나라를 대표하는 선수라면 공부보다는 축구를 개인의 영광보다는 조국의 명예를 위해 땀 흘릴 줄 아는 무식한 스포츠정신으로 무장되어 있어야 할 것이다.

리우올림픽 8강 경기에서 온두라스의 속공플레이에 무너진 것 역시 감독의 자질 문제이다. 선수들을 훈련할 때 빠른 수비전환 훈련이 안 되어 있었다. 내가 지적하고 싶은 것은 상대 윙 쪽에는 우리 수비선수가 없었다는 것이다. 이것이 우리 대표 팀의 결정적인 실수였다.

0.1초 안에 신속히 수비로 전환할 때는 중앙보다 양 윙 쪽이 경계대상이다.

이것을 선수들에게 훈련시키지 않은 감독은 지휘관 자질이 없다.

나, 청송남아는 몸과 마음을 조국에 바친 국방 용사분들에게 우리 국가보훈처가 할 수 있는 최대의 복지 예우로 그들의 명예에 보답할 것이다.

이 기회에 한 가지 덧붙이자면 우리 동양 나라는 밥을 주식으로는 해서는 제아무리 용을 써도 빵 먹는 나라에게 테니스와 축구로 이길 수 없을 것이다.

한국인으로 테니스에 투자하는 부모는 망할 것이고, 골프에 투자하는 부모들은 성공할 것이다.

공을 받아넘기는 쉬운 기술은 세계적으로 평준화되어있다. 테니스 경기에 이기려면 서브 포인트를 얻어야 하는데, 밥이 주식인 우리 동아시아권에 선수는 그런 기술과 힘이 없다.

하늘의 별을 따오는 특수한 천재성 기술이 없는 한, 천 년이 흘러가도 대한민국 여자 테니스 세계 챔피언은 나올 수 없을 것이다.

테니스의 기본조건은 크게 4가지이다.

첫 번째: 키가 커야 하고,

두 번째: 잘 뛰어야 하고,

세 번째: 힘이 갖춰져야 하며,

네 번째: 서브 공격 기술이며,

다섯 번째: 두뇌 플레이가 탁월해야 한다.

신(神)이 인간에게 내린 최고의 선물은 바둑이 아닐까?

바둑은 신이 내린 신비한 기예 창달이며 두뇌 예술이다.

바둑을 초중고등학교 공교육 정규과목으로 넣고 싶다.

2016년 4월, MDM 여자바둑 리그에서 중국에 여류 신성 위즈잉 5단은 여자 이세돌이더라. 기보사전이 위즈잉 프로 머릿속에 들어있는 느낌을 받았다.

위즈잉 5단은 2016년 현재 방년 21세다. 한국에는 최정 6단과 오정아 2단도 차세대 여류 선두주자 대열에 있다. 그리고 남자 20세 전후의 프로기사들인 신진서, 이동훈, 김민호 2단, 신민준 3단 역시 한국바둑의 미래를 이끌어갈 내로라하는 천재 기사들이다.

신예들 중에서 신진서 6단은 2016년 8월 농심 배 예선결승에 박정환 9단과의 대국에서 빠른 수읽기와 포석 전법이 마치 리틀 이세돌의 당돌함을 보는 것 같았으며, 승패를 떠나서 신 프로는 중국 1인자인 커제와 대적할 정도고 한국바둑 랭킹 3위에 오를 만큼 겁나는 바둑 기사이다.

　제아무리 뛰어난 바둑프로기사라 할지라도 바둑판 전체를 읽고 먼 훗날을 생각하고 한 수 한 수 행마가 놓여야만 좋은 결과를 기대할 수 있을 것이다.

　대통령의 국정운영 역시 당장 배고픈 의식주 해결에 집착하지 말고 바둑판 위에 놓이는 흑백 바둑돌처럼 미래 행정을 권하고 싶다.

　바둑, 장기 같은 마인드 스포츠로 출세하려면 지더라도 방어보다는 공격 개성을 키워야 장래성이 있다. 상대가 하자는 대로 따라다니면 이겨도 힘겹고 비굴하게 이긴다.

　2016년도 한국바둑의 전설 대국에서 서봉수 대 유창혁 두 전설의 1승 1패 전적 마지막 승부에서 손에 땀을 흐르게 하는 흥미진진 한판 승부가 벌어졌다. 결국은 서봉수 프로의 야전 전략이 승리하더라.

　본인은 늦은 나이에 바둑을 배워서 관전하는 것을 좋아하며, 연예인 여성 아이돌 멤버들 이름은 모르지만 바둑 기사들 이름은 줄줄 외우고 있다.

나는 중국 여류 위즈잉 프로와 한국에 여류 신예 오정아, 오유진과 최정, 그리고 시니어그룹의 서봉수, 김수장, 유창혁과 초 스피드의 명장 서능욱 프로의 열혈 팬이다. 지지옥션 배 신사:숙녀 연승 최강전에서 오유진 2단이 9연승을 달리고 있는 서봉수 9단을 제압했다. 김채영, 오정아, 오유진, 신진서, 이동훈 같은 바둑 아이돌 신예들이 무섭게 약진하고 있다.

신진서 5단은 이제 약관 16~17세이다.

바둑은 10세 미만 영유아 시절 생생한 두뇌 때, 즉 어린 나이에 바둑수련을 연마해야만 수읽기에 정확도가 높다.

김명완 프로 9단은 7세 때 아마 7급인 아버지 손에 이끌려 처음 바둑돌을 잡았으며, 한국기원 특명으로 미국에 정착하여 3년 4명을 키워냈단다.

시니어 바둑 기사들 중에는 야전 전투 사령관답게 서봉수 프로의 날카로운 공격력에 박수가 절로 나왔다. 해설은 박정상, 유창혁, 오영환, 송태곤, 윤현석, 김성룡 기사들의 바둑 해설이 귀에 속속 잘 들어오는 편이다.

그리고 최정 5단의 스승인 유창혁 사범, 윤현석 사범, 그리고 이세돌, 박정환, 김지석의 스승인 권갑용 사범등 많은 바둑 선각자들이 한국바둑의 발전과 후배 양성을 위해 구슬땀을 흘리고 있다.

특히 최정 기사의 경우 엄마 손 잡고 유창혁 바둑 연구실에 왔다는 말을 들은 지가 불과 엊그제 같은데, 벌써 한국 여류 바둑계에 1인자가 되어 있으니 유관순 열사 버금가는 바둑 열사 탄생에 대한민국 만세다.

바둑은 여남공용스포츠지만 남성보다 여성에게 더 흥미로운 스포츠이다. 심신이 허약한 여성들이 오히려 바둑에서만은 전투 용맹성이 대단하다.

대한민국 바둑 역사상 가장 사나이다운 바둑을 두는 기사를 꼽으라면 단연 서능욱 9단일 것이다. 그런데 불행하게도 본인이 관전할 때마다 서 프로가 패배하더라. 내생에 서능욱 프로가 이기는 바둑을 한 번만이라도 보고 싶다.

2016년 여류 아마연승최강전을 관전하면서 젊은 여자 두 선수가 지구 끝까지 갈 것처럼 코피 터지게 싸우다가 갑작스럽게 한 선수가 포기 선언하더라. 남자기사들보다 여성 기사들의 게임 관전이 두 배, 세 배 재미를 더해준다.

나의 유년 시절에는 청송 촌 동네에 바둑이 없어서 40살이

훨씬 지나서 객지 길거리에서 노인이 됐을 때, 소일거리를 위해 기보 책 없이 오직 남의 어깨너머로 배운 바둑을 배웠다.

바둑 격언에서 지혜를 찾는다면 그것만으로도 인생 절반의 성공이다.

나쁜 바둑 예의는 나쁜 국민성의 원인이 되며 바둑 스포츠야말로 좋은 국민성으로 바꾸는데 심 같은 뿌리가 될 것이다.

화투, 포커, 컴퓨터 게임은 누구나 쉽게 접근하고 흥미를 주는 사행성 짙은 게임이지만, 바둑은 욱하는 성격을 풀어주고 시간이 지날수록 더욱 흥미와 묘미를 얻게 하는 고급 스포츠게임이다.

황해남도 땅 임대가 실패할 경우
루마니아와 대형 이주 협상을 하고 싶다

천 년 미래 후손들을 생각하면, 1년 나라 살림 380조 원의 국민 세금으로 현상 유지만 하는 안일한 나라운영으로 시간 소모하고 있을 때가 아니다!

한반도에 영구적 평화 안전보장이 안 되면, 루마니아에 초 대형 산업 이주협상을 시작할 것이다.

우리 국민 2~300만 명과 재미, 재일, 재캐나다 동포 50만 명 등 약 300만 명 이상 이주해서 학교, 교회, 상거래, 공산 품 생산과 토지, 부동산투자 등 종합 산업생산을 목적으로 외주 한국 도민청을 짓는 것을 검토하고 있다.

루마니아(Romania)는 어떤 나라인가?

동유럽 발칸반도에 있으며 와인의 나라 몰도바(Moldova) 공화국과 인접해있는 가난한 백인 나라이다.

해변이 한 곳뿐이라는 것이 흠으로 지적되지만, 땅 면적은 산을 포함해 남한의 3배 크기며 인구는 약 2천만 명에 GDP 7~8천 달러에 불과한 가난한 나라니까 산업개발에 투자할 좋은 여건이 될 수도 있을 것이다.

루마니아는 우리 국민들의 기억에서 드라큘라 나라, 체조요정 코마네치의 나라며 독재자 차우셰스쿠의 나라로 기억하면 될 것이다.

북쪽으로는 우크라이나와 몰도바가 있고, 서쪽은 헝가리가 있으며 석유와 석탄자원이 풍부하며 북한과 수교가 되어 있는 것으로 알고 있다.

전통 소, 양, 돼지, 말, 닭 등 농업 축산사육 비중이 크지만, 금속 기계 경공업도 꾸준히 발전하고 있다.

루마니아 정부에 지도층 인사와 학생대표를 초청해서 우리 대한민국의 발전상을 견학시키고 침략 사상이 아닌 산업발전 목적과 인구분산책으로 순수한 산업투자 목적의 우리의 진정성을 알리고, 한반도의 불안과 우리 국방안보와 인구밀집과 교통체증 등 불합리 요소들을 설명한다면 이주협상이 쉽게 풀릴 수도 있을 것이다.

후손들은 아름다운 좋은 땅에서 큰 꿈을 펼쳐 나갈 수 있게 우리 선조들이 자리를 잡아주어야 한다.

일본, 중국, 미국은 아프리카 검은 땅 케냐 탄자니아 등에서 지하자원을 캐가려고 공을 들이고 있으며 우리도 후진국 루마니아에 후손들을 위한 이주산업을 생각해봐야 할 때이다.

나는 무식한 이민 1세로 누구보다도 이민자의 서러움을 뼈저리게 체험했기에 유독 백인 외국인에게 관대한 우리 국민성을 제일 먼저 고려했으며, 이민 2~3세대부터는 자연적으로 현지 문화로 바뀔 수밖에 없다.

첫 번째로 이주를 생각한 곳이 호주지방이다.

서호주는 남한 면적의 약 30배 크기에 인구는 250만 명 정도이며, 기후도 좋고 넓은 초원의 땅과 넓은 바다, 넓은 모래사막에 끝없이 펼쳐진 대지 위에 자유롭게 뛰어다니는 동물들, 그리고 영어권에 백인문화까지 이민을 생각하는 사람이라면 첫손가락 안에 꼽는 좋은 이주여건을 갖춘 나라다. 그래서 이주협상 조건이 까다로우며 아시안 멸시 풍조가 뿌리 깊이 박혀있어서 그들 본토민들 눈에는 가시처럼 여겨질 것이다.

나는 미국 이민 생활하면서 벼룩시장에서 중고 물건 흥정

할 때도 백인보다 돈 많이준 사례(바가지)가 비일비재했었다. 아시안은 돈 많다는 속설 때문이다.

한때 우리 5천만 국민을 몽골국가로 대형 이주할 계획을 생각하고 있다는 기사를 읽은 적이 있다.

몽골국은 인구가 적고 땅이 넓기는 하나, 기후조건과 기름진 땅이 아니고 육식 주식에 말 타고 활 쏘는 지극히 단순한 문화이며, 또 최근 10년 사이에 호수 329개, 강 887개가 말라서 몽골 국토 80%가 사막화라고 한다.

스페인계 국가의 남미 문화 역시 교육 열성이 부족하고 무더운 습기지방 특성상 옷 벗는 문화와 소갈비 뜯는 먹방 문화이다.

배고픈 이주민들의 밥 한 끼 해결할 곳을 찾는 것이 아니다.

우리 후손들이 좋은 토양 위에서 꿈의 날개를 펼쳐 우리 후손들이 오래오래 삶의 행복을 누릴 수 있는 이민 보석 땅을 찾고 있다. 북한 땅 황해남도를 임대할 수 없다면 차선책으로 루마니아와 초대형 산업 협상을 시작하여, 성공한다면 루마니아 나라에 한류 도시가 탄생할지도 모른다.

루마니아는 기후와 토질 성분까지 우리 땅과 매우 닮은 면이 있으며 루마니아인들은 우리처럼 빈부 차별이 심하며 독재

자로부터 억압, 탄압을 경험한 나라이다.

이런 공통점 때문에 세계 경제 10위권인 한국인, 두뇌 좋은 아시안을 루마니아인들은 선호할 수도 있고 거부할 수도 있다.

남한 땅은 5,000만 인구가 아웅다웅 지지고 볶고 서로 부딪히며 씨를 뿌리기엔 땅이 비좁다.

북한이 민족 동질의 역사적인 개방을 끝내 거부하면 루마니아에 대형 산업을 이주하는 정책으로 바꿀 것이다.

이주협상이 성공한다면 이주 소양 교육을 철저히 해서 밖에 내보내야 한다. 술, 담배 문화까지 과감히 버리도록 할 것이다.

우리 국민이 이주하기에는 루마니아가 최적의 조건일 것이다.

루마니아는 넉넉한 나라 재정이 아니라 비대한 국민이 거의 없으며 바다는 구석에 한 곳뿐이다.

이주지역을 꼽으라면 포도 생산지인 몰도바국경 소도시 쪽 갈라치(Galati), 브렐라(Braila), 부저우(Buzau), 바카우(Bakau) 등이 있다. 그쪽 지방에 터를 잡는다면 한루 양국에 많은 국익을 가져올 것으로 생각한다.

수도 부쿠레슈티(Bucharest)에서 약간의 거리가 있는 것이 오히려 장점이 될 수 있다. 물론 번화한 거리 통일 광장 쪽과 항구도시 콘스탄차(Constanta)에 가서 살 수도 있겠지만 말이다.

9개 도민청은 한국에 있고, 또 다른 1개 외주 도민청 신설을 루마니아 땅에 세울 수 있는 이민협약서 계약이 성사된다면 양국이 서로 윈윈 하는 좋은 선례로 남게 될 것이다.

우리 국민 약 300만 명이 해외에 나가 새 터전을 잡을 수 있게 기성세대가 생각을 투자하고 개발 노력해야 한다.

▌ 세계 여행은 지식이고 도전이며 공부다

마음을 비우고 떠날 때 더 많이 채워오는 것을 여행이라 했다.

여행을 통해서 희망을 얻고 인생을 배우고 즐기는 시대가 드디어 온 것이다.

관광과 여행은 인류가 멸망하는 최후의 그 날까지 최고의 감동 상품이 될 것이다.

*이탈리아(Italy)

*오스트리아(Austria)

*체코(Czech)

*헝가리(Hungary)

*폴란드(Poland)

*프랑스(France)

*독일(Germany)

*포르투갈(Portugal)

*핀란드(Finland)

*크로아티아(Croatia)

*세르비아(Serbia)

*스페인(Spain)

*그리스(Greece)

*덴마크(Denmark)

*스웨덴(Sweden)

*노르웨이(Norway)

*영국(United kingdom)

*이란(Iran)

*중국(China)

*러시아(Russia)

*키르기스스탄(Kyrgyzstan)

*대만(Taiwan)

*싱가포르(Singapore)

*베트남(Vietnam)

*캄보디아(Cambodia)

*라오스(Laos)

*태국(Thailand)

*미얀마(Myanmar)

*인도(India)

*네팔(Nepal)

*인도네시아(Indonesia)

*터키(Turkey)

*요르단(Jordan)

*알제리(Algeria)

*나이지리아(Nigeria)

*모로코(Morocco)

*이집트(Egypt)

*브라질(Brazil)

*에콰도르(Ecuador)

*우루과이(Uruguay)

*파라과이(Parguay)

*온두라스(Honduras)

*엘살바도르(El Salvador)

*콜롬비아(Colombia)

*멕시코(Mexico)

*페루(Peru)

*과테말라(Guatemala)

*아르헨티나(Argentina)

*코스타리카(Costa Rica)

*뉴질랜드(New Zealand)

*벨기에(Belgium)

*호주(Australia)

*캐나다(Canada)

*미국(USA)

*쿠바(Cuba)

위에 여러 나라를 다리 아프게 관광해보고 우리 대한민국
의 미래는 어떻게 설계하고 개발해야 할지 가슴에 두 손 올
리고 심사숙고를 해보라~! 프랑스, 이탈리아, 오스트리아, 독
일, 스위스, 미국, 영국, 중국, 태국, 싱가포르 등 인바운드 관
광 나라들이 관광 산업화에 어떻게 투자하고 있는지….

350개 대학에서 공부한 수재들이 돈 없고 늙고 무식하다고

죄 없는 무고인에게 강제추행죄를 뒤집어씌우는 이 나라의 국민성과 지도까지 새것으로 바꾸지 않고는 선진국 갈 수 없다.

▌항도 부산은 나의 어머니이다

　부산은 나의 제2 고향이다. 나를 키워준 다섯째 누님이 부
산 영도 산복도로에 살았으며 산복도로 위에서 밤에 부산의
야경을 내려다보면 네온사인 불빛이 청송 촌놈의 가슴을 절
절히 녹여주던 그때 그 풍경들이 40년이 지난 지금까지 나를
향수에 젖게 하는구나.

　저 멀리에서 들려오는 밤의 뱃고동 부으으응 소리와 난생처
음 본 아름다운 밤의 불빛 예술에 혼이 나간 적이 한두 번이
아니었다.

　부산~부산~! 천 번, 만 번 들어도 싫지 않은 송도 푸른 바
다 위에서 울어대던 부산 갈매기 소리 다시 듣고 싶고 보고

싶고 가고 싶다~!

"순이야~ 순이야~ / 파도치는 부둣가에 지나간 일들이 가슴에 남았는데 / 부산 갈매기~ 부산 갈매기~ / 너는 정녕 나를 잊었나"

1950년 민족 원한의 6·25전쟁 발발 때, 대한민국 정부를 사수하기 위해 희망의 밧줄이 되어 주었던 유서 깊은 항구 부산이다.

6·25전쟁 당시 부산 임시정부는 배고픈 국민의 피난처와 안식처로 정성과 인정을 제공해 주었던 프라이드 항구였다.

약 45년 전에 영도구 산복도로 누님 집 작은 다락방에 잠자면서 휘황찬란한 부산에 밤바다를 내려다보며, 아래층에 잠자는 누님네 식구들을 밟고 마루를 지나 마당을 돌고 돌아서 오늘 밤도 무사히 뒷간에 다녀올 걱정 하면서 곤하게 잠들었던 그 부산이다.

부산~서울 간 완행 밤 기차에 몸을 싣고 나의 젊음의 꿈을 키웠던 그 아름다운 밤의 도시 부산을 내 생애에 지울 수 없고 지워서도 안 될 한 폭의 그림이다.

조카와 청학동 고개 언덕에서 호떡 장사를 시작했지만, 이틀째 되던 날밤에 단속반에 걸려서 손수레 통째로 빼앗겨 버리고 본전도 못 건진 채 멍하니 밤바다만 봤던 그 옛날이 영화처럼 아름다운 기록으로 남아 있다.

다음 생애에는 파도 소리 철썩이는 해운대 동백섬에 부산 갈매기로 태어나서 원 없이 푸른 창공을 날갯짓하며 살고 싶다.

겨우 호수 하나 보려고 온종일 자동차 운전해가는 바다 없는 나라들도 허다한데, 삼면이 바다에 20여 개 국립공원과 도립공원이 있고 사계절이 있는 아름다운 이 땅에 사는 우리들은 참 복 받은 민족이다.

내 고향 경상북도 청송군은 글자대로 낙락장송(落落長松) 소나무의 곧은 절개심을 간직한 충신 고장이다.

"청산 속에 묻힌 옥도 갈아야만 광채 나고 / 낙락장송 큰 나무도 깎아야만 동량 되네 / 공부하는 청년들아 너의 직분 잊지 마라 / 새벽달은 넘어가고 공천 조일 비쳐온다"

「학도가」의 가사다. 내 고향 청송은 용전천의 맑은 물이 흐르는 항일의병 기념서원이 있는 곳이다.

청송에는 청송팔경이 있다(현비암, 달기폭포, 얼음골, 월매계곡, 신성계곡, 절골, 주왕산, 수정계곡이다). 명품 사과와 신록의 국화꽃 내음이 물씬 나는 진달래꽃, 아카시아꽃이 피고 지는 옛날과 변함없이 따뜻한 청송이다.

경상북도 청송군 부동면 이전리에 주산지가 있다. 약 200년 된 능수버들과 20수를 감싸 안은 왕버들에 물안개는 꿈속에서나 볼 수 있는 풍경이며, 주산 저수지에서 별 바위까지 등산로는 보기 드문 경관이다.

그리고 상이리에 국립공원 주왕산이 있다. 셋째 누님이 50년 전에 주왕산 첩첩 산골짜기 내원리에 살고 있었으며, 내원이란 동네는 6~7가구만 사는 전설 따라 삼천리에 나올 정도의 깡촌이었다.

지금은 주왕산 국립공원으로 지정되어 아마도 내원이란 동네가 없어졌을 것이다.

태백산맥 남단에 위치한 주왕산(周王山)은 입구에 대전사가 있고, 600m 넘는 고봉 2개가 있으며 자하성 학소대 시루봉과 점골계곡 주왕계곡에는 수십 미터 높이의 거대한 바위들이 위엄을 나타내고 있다.

용추폭포 주왕굴로 들어가는 협곡 입구에 주왕 암자가 있으며, 국화꽃 화원 농장이 있고, 머루, 다래, 버섯, 열매들이 널려있고, 야생 산새들과 산토끼들이 옹달샘에 목을 적시는 정겨운 산소계곡, 주왕의 슬픈 전설은 못다 이룬 한이 서린 한 폭의 절경이 있는 천혜의 명산이다.

청송군 청송읍 덕리 월막 현비암은 용의 꿈을 키워왔지만, 하늘로 승천하지 못하고 떨어졌다는 현비암이 있으며, 청송군 안덕면 신성리에 신성계곡, 방어정 솔밭 쉼터가 있다.

세계 어디에 내놔도 부끄럽지 않은 우리 국토 안에는 천하 명산과 섬, 저수지, 그리고 고즈넉한 아름다운 비경, 보석들이 가득하다.

청송군 이전리에 주산지가 있다면 전라도에는 세량지가 있다. 전라남도 화순군에 있는 세량지 저수지는 제방 길이가 50m밖에 안 되지만, CNN이 선정한 한국에서 꼭 가봐야 할 50곳 중의 한 곳이기도 하다.

우리 젊은이들 80%가 한국을 떠나고 싶어 한단다.

청춘들아~ 떠나지 마라~! 자기가 태어나고 자란 네 조국을 떠나지 말고 나와 함께 멋진 희망 코리아 건설해보자꾸나!

멋진 학생 수도 코리아요요 건설해서 대한민국 만세 외쳐보자!

룩셈부르크와 카타르는 GDP로 세계 1~2위를 다투고 있다 (연 소득 10만 달러 이상이다). 카타르는 바레인 옆에 있는 중동국가이며 1971년에 영국령에서 독립할 때까지는 진주조개를 주워 팔던 가난하고 볼품없던 나라였다. 그러던 카타르가 지금은 중동의 부자나라로, 아니 전 세계에서 제일가는 부자

나라로 우뚝 섰다.

1995년, 세이크 하마드 국왕을 만나 연간 나라 성장세 15~20%를 넘기면서 기록적 신성장을 했으며, 한마디로 카타르 국민들과 세이크 하마드 국왕의 기운이 맞아서 이루어낸 걸작품이다.

국민과 지도자의 '운 때'가 맞아서 산업 다각화와 천 년 가스를 발굴해서 팔고 금속 석유 화학 알루미늄까지 수출했으며 교육, 스포츠, 관광, 기초과학기술 분야에도 야심을 키웠고, 2006년에 도하 아시안 게임을 성공적으로 치렀으며, 2022년에 축구 월드컵 대회까지 유치예약을 해놓고 겁 없이 성장하고 있는 중동의 새끼 호랑이다.

악명높은 알카에다·IS 테러 소식을 전하는 아랍 알자지라 방송 채널을 소유한 카타르는 지금 이 시각에도 중동국가로는 매우 드물게 여성 존엄 참정권을 부여하고 서구식 개방으로 개혁의 발걸음을 재촉하고 있다.

미국 5대 명문대학인 조지타운대, 노스웨스턴대, 버지니아대, 커먼웰스대, 코넬대, 카네기멜린대 등이 카타르에 분교를 두고 있으며, 프랑스 상업고등학교와 영국에 유니버시티 칼리지 등이 이곳에 자리 잡고 있다.

브루나이, 쿠웨이트, 싱가포르, 스위스, 룩셈부르크, 카타르 등 국가들의 공통점은 인구가 천만 명 이하로 작은 나라들이라는 것이다.

　우리 민족은 그 어떤 민족보다도 전쟁의 교훈을 혹독하게 치렀었다. 그런데도 6·25전쟁 이후 먹고살 만해졌을 그때에 국민 세금을 올려서라도 우리 국군 현대화를 20~30년 전에 착수했다면 참 좋았을 텐데 하는 아쉬움이 남는다.

선진 국민이 부러우면
음식 보기를 돌같이 하라

　대학을 나오고 박사학위를 받아야 행복하고 무병장수하는 것 아니다.

　우리 몸에 병을 만들어내는 원인은 음식과 스트레스 때문이라 한다. 음식으로 세계를 지배하려면 신라면처럼 면 종류, 빵 종류를 개발해서 후손들의 입맛 과학을 찾아내야 할 것이다.

　미국 미시건대학 연구팀과 순천향대 이준희 교수팀은 노화 조절 기능을 가진 세스트린(Sestrin)을 찾았다고 한다.

　세스트린은 스트레스로 나타나는 대사 조절 단백질이며, 신호전달 체계 활성을 막아주고 암세포 증식 억제 등 노화와 관련된 비만, 당뇨 등을 막는 데 효과가 있다 한다.

인간이 늙지 않는 시간이 다가오고 있다는 증거이다.

죽기 전에 먹어봐야 할 100가지 음식은 사약이다!

전쟁보다 더 무서운 것은 음식 욕심이다. 태어나서부터 먹고 살아온 음식과 문화를 바꾸는 것은 참 어렵다. 그러나 바꿔야 한다.

반찬 수십 가지 차려놓고 먹는 우리 한식과 산천 강산 파괴하는 조상의 무덤 문화는 빨리 버릴수록 좋다.

다시 한번 말하지만, 우리의 무덤 문화는 선진국이 될 수 없는 4대 악이다.

페루 공화국은 인구 3천만 명에 잉카문명의 발상지로 아메리카 토착민들이 살고 있고, 독수리를 황소 등에 태워서 투우 싸움시키는 그들의 전통문화가 있다.

이들이 하늘 위로 날아다니는 독수리를 생포할 때는 음식 욕구를 이용한다. 2미터 날개의 대형독수리 콘도르가 많이 먹고 배가 부르면 몸이 무거워서 날지 못하게 되고 이때 숨어 있던 사람들이 우르르 V자 몰이를 하여 생포해서 투우 싸움에 활용하는 방법이다.

코끼리 훈련, 매 사냥 같은 짐승 훈련에는 꼭 먹이 심리를 이용한다. 둥지 안에서 라란 새끼를 세상 밖으로 유인하는 어미 새의 작전에도 어김없이 이 심리가 쓰인다. 먹을 것으로 새 끼들을 밖으로 유인하는 것이다.

과일은 8종류의 면역력을 키우고 비타민이 풍부하여 적당 히 당을 유지해준다고 알려졌다. 반면에 술과 담배, 과식, 과 음은 전두엽에 영향을 미쳐 기억력 상실로 이어지고 중풍, 암, 치매, 불치병을 만드는 원인이라 한다.

음식을 위를 채워서 생명을 유지하는 수단 그 이상으로 활 용하려는 식욕 취미는 몸에 병을 만들게 된다.

인간의 수명을 단축하는 3가지가 술 15년, 담배 15년, 스 트레스 20년, 음식 20년, 이렇게 단명의 원인이라 한다.

위암, 유방암, 폐암, 고혈압, 당뇨, 중풍, 심근경색, 협심증 으로 사망하는 정도가 OECD 국가 중 1등이며 우리 한국인 에게 대장암 발병률이 세계 1위다. 원인은 지글지글 불고기, 찌개, 담배 등 음식물 섭취 때문이다.

반찬 수십 가지에 국, 찌개까지 놓고 먹는 우리 전통 한정식 문화, 천 년 후손들을 생각하면 바꿔야 할 것이다.

서중열 제빵 달인에게 전수를 받더라도 간단한 뽕잎 빵, 단 팥빵 종류, 샌드위치, 피자, 햄버거, 또는 간단한 김치 우동, 떡국, 국수, 콩나물 보리밥과 보리차, 보릿가루 빵에 우유 등을 주식으로 하면 돈도 절약하고, 전기세, 물세도 절약하면서, 건강도 지킬 수 있다.

우동, 국수는 먹고 나면 시원하지만 8시간씩 일하는 노동자들은 배고프다.

맥도날드 햄버거 2~3천 원짜리 하나 먹으면 6시간은 입안도 깨끗하고 배도 거뜬하며

이탈리아의 식사용 화덕 빵은 촉촉하고 쫀득쫀득하여 식감이 일품이다.

올리브유에 빵을 찍어 먹는 그 맛은 먹어보지 않은 사람은 그 진미를 모른다.

우리의 전통 발효 음식인 김치, 청국장, 된장찌개는 회춘 음식으로 알려졌지만, 제아무리 몸에 좋다고 해도 역한 냄새 때문에 국제적 식품으로 광고하고 외국인 관광 상품화로 개발하기에는 문제 있다고 본다.

우리의 밥 주식을 빵으로 바꾸게 되면 빵에 대한 연구와 아이디어 개발이 줄줄이 쏟아져 나올 것이다.

우리 조상이 물려준 음식 문화. 우리 세대까지만 받아들이고 다음 후손들에게는 유산 하지 말자.

나, 윤태경이 국민 여러분에게 간곡히 부탁한다.

신라면이 수출 1억 달러를 달성했다고 한다.

후손들의 행복한 삶을 생각한다면 미래 음식을 서둘러 개발해야 할 것이다.

밥 주식 나라들은 해마다 식중독 사태로 학교 단체 급식이라는 불명예, 불이익을 초래하고 있지만, 빵 주식 나라들은 식중독 걱정이 거의 없다.

우리 전통 입맛을 빵 주식으로 바꾸면 5,000만 인구가 주 2~3회씩 외식을 할 것이며, 내수 경기와 소비 심리가 살아나는 일석이조 효과를 얻게 될 것이다.

지난 한 해 우리 국가에 보험료 지출이 54조 원이며, 가장 많은 병은 고혈압과 당뇨병이라고 한다.

지금 10~15세 아이들부터 뽕잎, 보리빵과 햄버거, 화덕빵, 피자, 샌드위치, 보리차, 우유 등으로 식생활 메뉴를 바꾸면, 아이들이 40~50세가 되는 30~40년 후에는 빵 메뉴가 우리 식탁 위에 자리 잡게 될 것이다.

성인 30%는 고혈압으로 생명에 위협받고 있으며, 50세 이상 당뇨병 환자 수가 400~500만 명에 육박하고 있다.

치매 유발 원인은 '호모시스테인'이며 이 역시 음식물·노폐물 때문이며 수학 선생님도 치매에 걸린다고 하니, 먹고 싶은 음식 양껏 먹고 줄담배 피우는 것은 자살 행위로 보면 될 것이다.

우리 국민 10면 중 3명이 당뇨 치료 절벽시대에 있으며, 특히 당뇨망막증, 만성신부전증, 뇌졸중, 족부위궤양 같은 당뇨로 인한 합병증이 시작된다고 하니 암보다 열 배 무서운 당뇨와 고혈압을 막아야 할 것이다.

나 역시 심근경색(협심증)으로 관상동맥이 막혀서 한국에서 2번, 미국에서 3번, 총 5번에 걸쳐 심혈관 수술을 받았지만, 몸에 배어 있는 맥도날드 아침 메뉴만은 포기하기가 너무 어렵다.

선진복지 국가로 가려면 보리빵, 보리차 문화로 소식해야만 한다. 그래야 국민도 나라도 건강해질 것이다.

해마다 20만 국민에게 암이 발병하며 갑상선암으로 연간 5만 명이 사망하지만, 암은 일상생활에서 이상 증세를 거의 느낄 수 없으며 발견이 되었을 때는 이미 치료할 수 있는 때를 놓쳐 치사율이 90~100%라고 한다.

죽기 전에 꼭 먹어봐야 할 101가지 음식과 3대 천왕 찌개 종류는 고나트륨, 고지방 음식으로 혈관을 약하게 하고, 암, 중풍, 심근경색, 뇌졸중 등 우리 몸 건강에 치명적 위해를 제공하지만, 각 TV 방송국에서는 어떤 제한이나 규정도 없이 음식 광고를 남발하고 있다.

국민 건강 아랑곳하지 않는 음식 광고와 한식 찌개 식당은 나라에서 제한해야 할 것이다.

불고기, 삼계탕, 보양식으로 배불리 먹고, 취중 운전에 줄담배 피우면서 유행가 한 곡조 뽑으며 젊었을 때 한량으로 놀다 가는 일찍 합병증과 심근경색 등 수많은 질병 안게 되는 것이다. 50세 청년 나이에 중풍 와서 사지가 마비되어 요양 병원 가지 않고, 맛없는 거지 음식을 소식 하면 돈도 모으고 병 없이 오래오래 살 수 있을 것이다.

군대, 학교, 관공서 구내식당에서 밥과 국을 없애고 콩나물 비빔밥 메뉴와 간단한 주먹밥이나 간단하게 들고 먹는 햄버거, 사과, 우유로 바꿔 나가야 할 것이다.

옛말에 밥 많이 먹으면 둔재라는 말이 있다.

내장에 비만이 오면 편두통 발병률이 40% 높아지며, 치매에 걸릴 확률이 36%이고, 과체중은 척추 골절이 심해지며, 여성의 경우 유방암 발병률이 30~60% 높고, 심장혈관 관상 동맥 질환에 걸릴 확률은 32% 높아지고, 난소 불임률은 6%가 높고, 특히나 당뇨병 확률은 12배나 높고 무릎 관절 발명은 6배가 높게 나온단다.

늙으면 몸의 노화는 필연이다. 보리빵, 쌀국수, 보리 떡볶이는 글루텐이 없어서 골이 아프지 않으며, 최고의 장수 비결은 가난한 음식을 소식하는 것이다.

술, 담배, 노름을 절제하는 것 어렵지 않다. 간단하다. 한 달만 작심하면 새사람이 된다. 이런 걸 심력 없이 가정 파탄 내고 건강 잃고. 길거리 생활하는 사람들은 아버지 자격이 없다.

유목민들은 그들 선조 때부터 고기와 빵, 요구르트, 우유를 주식으로 하고 있다. 고기만 먹으면 비대해서 빨리 죽으니까 가축의 우유 종류를 흔들고 숙성 발효하는 그들 나름의 음식 문화를 개발했다.

줄담배 피우고, 폭탄주에 찌들고, 노름에 수면 부족으로 빨갛게 토끼 눈하고 산에 가서 자연 파괴하면서 머리 염색이 일상화된 우리 유행문화 속에서 천재 자식이 태어날 수 없는 것은 자명하다.

부부가 금실 좋게 소식하면서 산림 자연 속에서 혹독한 더위와 추위를 피하고, 맑고 신선한 사계절의 청정공기를 흡입할 때 비로소 천재 자식이 태어날 것이다.

천만 명 인구가 매일 매일 산에 등산 가서 산림 훼손하고,

600만 인구가 낚시터에서 밥해서 먹고 술 마시고 담배 피우고,

500만 인구가 야영장에서 쓰레기 무단 투기하여 자연환경 파괴하는 부끄러운 우리 국민성으로는 선진국은 못 간다.

과음, 과식, 과욕, 흡연으로 인한 사회적 비용 소모가 연간 40~50조 원이며, 치매 환자 수 100만 명에 치료 비용이 해마다 10조 원(100억 달러)이다.

「한국의 맛-충청도 편」에서 반찬 30가지의 황제 밥상이 TV에 소개되더라.

인도산 캘리코 의복은 바느질 수공값이 필요 없는 값싼 면직류로, 두르기만 하면 된다. 중동 나라들은 더운 기후 탓에 성전에 기도 갈 때도 남자는 샌들을 신고 여성은 히잡을 쓴다.

그런데 우리 공무원들은 여름에도 정장에 불편한 구두 신고, 이열치열 문자나 쓰면서 삼계탕, 찌개로 땀 뻘뻘 쏟으면서 점심 먹는다.

영국을 여행하던 어느 관광객이 해안가를 지나다가 모래사장에 죽은 갈매기떼를 발견하고 동네주민들께 물었더니 주민 왈, 여행객들이 달콤한 설탕 땅콩 과자 등으로 갈매기들의 입맛을 현혹해 놓았는데, 겨울이 되어 여행객들이 끊기자 갈매

기들은 죽어도 설탕 식욕만은 바꿀 수 없다며 스스로 아사 자결을 선택했다는 웃지 못할 말이 있다.

얼큰하고 상큼하고 맛있는 찌개, 불고기 음식은 배불리 먹어도 또 먹고 싶다.

음식 많이 먹으면 두뇌 발달에 장애가 온다. 그래서 그럴까?

저들 생각만 옳고 저들 생각이 최고로 알고 있는 잘난 한국 기성세대 올드 형님들. 술, 담배 좋아하고 지글지글 찌개 좋아하고 둘만 모이면 공중도덕은 시집보내고 저들 세상으로 큰소리로 떠들며 법석 떤다.

잘못된 의식주와 술, 담배 등. 나쁜 고정관념과 잘못된 습관과 버릇을 못 고치고, 중병 와서 그때 하늘에 계신 옥황상제에게 아무리 눈물 흘리며 빌어봤자 이미 때는 늦다.

2040~50년부터 고령 인구 증가로 발생하는 천문학적 병원비 부담을 어떻게 할 것인가?

우리나라에는 국제적인 테니스 선수가 없다. 그 이유로 밥심을 꼽고 싶다. 한국축구 국가대표선수들이 전반전에는 힘이 넘쳐흐르지만, 후반전과 연장전에 들어가면 안쓰러울 정도로 비실비실 나약해져 버린다. 오천 년을 이어온 우리 밥 주식은 빵 힘보다 약하기 때문이다.

한국 사람은 밥심이라 하고 밥이 보약이라지만, 이런 옛말은 조선 시대에 적합한 말이며 현대 사회에는 안 맞는다.

군사는 천 명뿐인데 말은 만 필이면(千軍萬馬), 야간행군할 때 우군 노출만 될 뿐이니 산악 전쟁터라면 말 만 필이 무슨 도움되겠는가?

전 세계 12억 가톨릭 신도의 주역자 프란치스코 교황은 전 세계 부부들에게 애완동물 키우지 말고 아이 낳아 키우라고 메시지를 전했다.

우리 한국 대통령은 인구 부러워 말고 국민의 안전을 부러워해야 할 것이다. 자기 배 아파서 아이 낳는 것은 싫고 강아지 키워서 온 길거리 지저분하게 만드는 미국문화, 그리스문화는 따라 하지 마라!

나, 윤태경이 2017년 대통령이 되면 국민생명 보호 차원에서 음식, 옷, 술, 담배를 규제 조치하고 국민 사생활까지 깊숙이 간섭할 것이다.

국그릇 하나만 없애도 저염도 음식으로 바꿀 수 있으며, 모든 반찬을 없애고 나트륨을 없애고 인공 탄산수를 먹지 말아야 건강에 기적이 올 것이다.

식단을 반찬 없는 보릿가루식빵으로 바꾸고 가벼운 체조운

동과 김치, 콩나물, 두부, 즉 가난한 음식 메뉴로 바꿔 나가야 개인과 나라가 우량해진다.

음식을 보기를 돌같이 하라! 그러면 늙어서 치매 안 걸리고 당뇨 합병증 없어 요양 병원 가지 않는다.

나는 칠십 평생 인삼, 홍삼, 녹용, 산삼 한 뿌리 구경 못 해보고, 펭귄 꽁치통조림에 콩나물국, 김치, 밥과 하루 한 끼는 햄버거 먹으면서 목욕탕, 예식장, 장례식장에 어떻게 입장하는지, 부조를 어떻게 하는지조차 모른다.

6천 원 이상 밥 먹어 본 적 없고, 싼 음식에 소량 식사하기 때문에 이렇게 멀쩡하게 이 시간까지 살아있다고 생각한다.

나는 이웃 일본은 싫지만, 일본인들의 공동체 문화와 음식 소식하는 문화는 전수 하고 싶다.

■ 나의 일생 나의 이력서는 이렇다.

　이성계 왕이 수도로 서울을 결정한 것 역시 그의 사부인 무학대사의 조언이라 하길래, 어느 날 나는 전화번호부를 뒤져 사주 명리학 상담소를 찾아가 나의 사주 운세를 알고 싶다고 했다. 그러니 그분은 나이와 생년월일을 묻더니 내 사주는 이 세상 사람이 아닌 것 같다고 하더라. 그리고 자기 양심으로는 복채 받기가 내키지 않는다고 했다.

　만약 살아있는 사주라면 2016년 원숭이해에 태양을 봐야만 '임신(壬申) 대운'으로 관료 사주 운세가 열릴 것이라고 했다. 이때가 2014년 10월 1일 오후 1~2시경이었다.

　이때가 2014년 10월 1일 오후 1~2시경이었다.

　명리, 역술인들의 공통된 견해는 성공할 운명을 가지고 태어나는 사람은 없으며 전공분야 또는 활동분야의 선택에 따라서 성공할 수도 있고, 성공 못 할 수도 있다는 말로 해석된다.

옛소련에 철의 장막 통치를 속 시원하게 비판했던, KGB 요원 출신이며 반체제 문인 알렉산드르 솔제니친(Aleksandr Solzhenitsyn)은 책에서 "인간이 신에게 받은 수명은 25년뿐이며, 그다음은 개와 말과 원숭이에게서 각각 25년씩 얻어서 현재 100세까지 살게 되었다."라고 했다.

인간 한 사람에게 40억 개의 뇌세포를 받고 태어나서 집을 짓고 장사도 하고 청소도 하고 공부도 하고 아이도 낳아 기르는 인간은 좋은 생각, 나쁜 생각을 하다가 20세부터 하루에 10만 개씩 뇌세포가 노화하여, 50~70년 후에는 정신 육체가 노화되면 치매도 오고 당뇨병도 오고 중풍도 와서 그 수명을 끝으로 죽는다고 한다.

우리 몸 안에 혈관 길이는 약 12만km나 되며 이 중 한 곳만 혈관이 막혀도 활동 기능이 정지된다고 한다. 인간의 심장은 혈액을 순환시키는 중추기관이며 하루에 약 10만 회 정도 심장이 뛴단다. 나 같은 70세 경우 한평생 26억 회 정도 심장이 뛰고 1억 800리터의 혈액을 공급한다고 한다

이렇게 인체 기능에 중요한 역할을 하는 심장에 혈액 세동

부정맥이 생기는 원인은 술, 담배, 디(Di)-스트레스 때문이며, 나는 50~60년간 술과 담배는 한 모금도 못 하지만 나에겐 마지막 디(Di)-스트레스가 문제였다고 한다.

지극히 나쁜 스트레스 화병과 동맥경화를 나에게 제공한 원인으로, 수백 명의 박사와 학사, 변호사 등 똑똑한 인재들을 다 거느리고 있는 청와대가 약 400조 원의 나라 한 해 예산으로 국민의 생명을 보호하지 못하고 일만 터지면 예산 부족 타령만 하면서 갈팡질팡, 우왕좌왕하고 있다.

그 꼴을 보고 있노라면 정상 인간이라면 장자가 뒤집히고 속에 열불이 나서 화병이 올 수밖에 없다.

2013년 1월, 소사 세종병원에서 동맥경화 첫 수술을 받고 미국 로스앤젤레스 굿 사마리탄 병원에서 두 번째 수술을 받았다. 또 세인트 빈센트 병원에서 3~4번째 동맥경화 수술을 받았으며, 그다음 해에 음식물이 내려오는 위를 막아서 가슴에 통증을 유발하는 담석 2개를 제거했고, 그리고 2015년 6월 10일 아침 10시 반경에 외과 의사(Dr. Ahn)의 집도로 음식물을 짜주는 역할을 하는 간에 붙어있는 쓸개까지 제거했으며 2016년 2월경에 부천 순천향대학병원에서 심근경색 수술을 받았다.

이것이 마지막 수술이 되기를 바랄 뿐이다.

나는 한국과 미국에서 배 수리공으로, 집 수리공으로, 아파트 청소부로, 그리고 미국 라스베이거스 MGM호텔 신축공사장 등에서 평생 일용직 노동자로 살아온 하찮은 초졸, 무식한 노동자이다.

나는 경상북도 청송군 부동면 내룡리 설티 오지 산골에서 딸 여섯에 막내이자 외아들로 1945년 4월 15일 (김일성 생일날) 오후 4~5시 사이에 닭띠로 태어났다.

지붕 위에 닭들이 미친 듯이 홰쳐 울어서 무슨 기이한 전조현상인가하고 걱정할 때 그 집에서 아들 낳았다는 소식이 들려왔었다며, 그 당시 비탈밭에서 일했던 한 아주머니가 어릴 때 나에게 귀띔해주더라.

나, 윤태경은 딸 여섯 집에 귀한 외아들로 태어났지만 기쁨도 잠시뿐, 천식 병으로 몸을 가누지도 못하는 어머니의 젖이 말라버렸고 7~8가구만 사는 산골 마을에서 아버지가 핏덩이 나를 안고 이 집 저 집 아주머니 있는 집에 젖 구걸하면서 바람 앞의 등불처럼 가물가물 눈을 감던 나의 생명을 살려냈다고 한다.

훗날 숙모님이 하신 말씀으로, 너는 벌써 북망산천(北邙山川)에 가 있어야 할애가 고비, 고비마다 기적이 왔다는 것이다.

동네 어느 아주머니는 5년간 안 나오던 젖이 나와 바가지에 젖을 받아왔고, 또 한 아주머니는 잘 놀던 자식이 죽어버려서 나를 자기 자식처럼 젖 먹여 살렸다고 했다.

그렇게 커서 5리 거리에 있는 아랫마을 내룡 초등학교를 4~5년쯤 다녀 졸업할 때까지 만화책이 뭔지도 몰랐으며, 산골 벽촌 소년 윤태경의 배움으로는 초등학교 교육받은 것이 전부다.

초등학교 저학년 무렵에 옥계 정자, 현재 행정구역은 경북 영덕군 달산면 옥계리에 소풍 갔을 때에 정자 아래쪽 개천에 용(龍)이 승천하면서 밟았다는 용 자국이 물속에 선명하게 남아 있어 하도 신기하여 온종일 그 용 자국만 구경하다 돌아왔다.

나는 학자도 아니고 화이트칼라도 과학자 연구가도 아니며 친구, 친척, 조언자 한 명도 없는 외톨이지만 내 조국과 조국민을 사랑하는 애국정신은 내 몸 전체를 휘어 감고 있다.

나는 장례식장, 예식장, 돌잔치, 회갑 잔치에 한 번 가본 적이 없어서 부조금 내는 법도 모르고 유행도 모르며, 남들이 우르르 달려가는 곳을 바라보지도 따라가지도 않으며, 남들이 아우성치는 영화, 드라마는 그 아우성 소리가 사라진 뒤 5년~10년이 지나야 감상하는, 소심하고 정직하고 우직스런 청송남아다.

그래서 수많은 학자와 지식인을 두고 나를 후손 행복 건설에 필요한 역사 심부름꾼으로 선택했을 것으로 생각한다.

내 나이 17~18세 때인 어느 날, 서울 노량진 어느 약국에서 심부름과 수금사환 겸직으로 일하면서 약사가 없을 때는 약도 팔고 했으나, 예나 지금이나 장사가 안되면 직원 탓, 학력 탓에 약국에서 나오게 되었다. 밖에 나와 보니 취직은 안되고 역전 대합실에 잠자면서 추워서 군복 야전 잠바 주워 입고 3~4일 굶다가, 치밀어 오르는 역겨움에 세상에 살아갈 용기가 없어 내 거죽 누울 자리로 돈에 그려진 세종대왕릉을 정했다. 그리고 경기도 여주군 관내에 세종대왕릉에 가서 수면제 스무 몇 알을 몽땅 입에 털어 넣고 잠이 들었다. 정신이 들었을 때는 주변 미군 의무부대였다.

사유를 물었더니 미군 부대 앞마을을 미친개처럼 기어 다니다가 어느 집 울타리 밑에 죽어있는 것을 마을 아주머니가 발견하고, 어두운 밤이니까 짧은 머리에 미군 잠바를 입고 있는 것이 미군 같다며 미 군부대로 연락하게 되었고, 미군 의무차가 와서 부대의무실로 오게 되었다는 것이다.

약이 문제였는지, 신체적인 부작용에 의한 발작이었는지, 아니면 저승사자가 데려가다가 손을 놓쳤는지는 모르나, 아무튼 그때 미국인 간호종사원들이 극진히 돌봐준 신사적 예의 덕분에 미국을 막연히 동경하기 시작했다.

그 후 천안, 안성, 수원 등지에 붉은벽돌 공장에서 일했지만, 월 하숙비도 내기 힘든 시절이라 서울 정릉 청계천 쪽에 건축 공사장 등을 전전하면서 몇 달씩 노동일을 했다. 그래도 하루 끼니 해결이 고작이었으며 이리저리 떠돌이 신세로 하루하루를 보내다가 삼환기업 안양건설 현장사무소를 끝으로 서울, 경기도에서 공사 현장 일은 그만두고 1966년 군 입대를 하게 되었다.

제대와 동시에 정치와 인연을 맺어 신민당 박한상 국회의원의 선거유세를 도왔으며, 그 후 당에서 마련해준 시흥동의 탁구장을 친구와 함께 몇 년간 운영하다가 정당 생활을 접고 부산에 태화 고무 공장에서 장화, 장갑 생산하는 일을 했다.

그러나 턱없이 박봉이라 영도구 산복도로 위에 다섯째 누님 집 다락방에서 직업 없이 1~2년 놀다가 매형 친구인 연산동에 사시는 분의 도움으로 영도 바닷가에 소재한 대한조선공사에서 용접공 일을 몇 년 하다가 한국 생활을 청산하고, 1977년 8월. 미국 이민을 가기로 결심했다.

하와이행 비행기에 올라서 미국 생활 역시 학벌 없고 영어 모르는 탓에 롱비치 항구에서 배 수리공 일을 했으며, LA 주변 할리우드. 버뱅크. 하시엔다. 샌 버너디노. 치노 힐. 노스리지 등에 다니면서 아파트청소. 페인트공, 공사장 잡부로 40년을 보낸 무식한 노동자이다.

혹시라도 2017년 12월, 조국 대한민국에 무식한 초졸 대통령이 탄생하더라도 박사, 대졸, 고졸, 그리고 모든 우리 국민들은 문화 국민답게 나를 국민 리더로 받아주고 인정해주길 바란다.

사랑하는 5천만 조국민과 천만 재외 교포들의 무궁한 발전을 위해서, 또 후손에게 물려줄 복지 한국을 위해, 그리고 우리 민족의 항구적 안녕과 항구적 행복을 위해, 백골난망 갈충보국(白骨難忘. 竭忠報國)으로 이 한 몸 조국에 바칠 것이다.

이성계 왕이 청년 시절 점(占)을 잘 보는 도승이 있다는 소문을 듣고 점집을 찾았다. 후덕하게 생긴 스님이 자기를 찾아온 이유가 뭐냐고 물었고 이성계 왈, 점을 치러 왔다고 하니 도승은 여러 글자를 흩트려 놓고 한 글자를 골라보라 했다. 이성계가 물을 문(問)자를 집어 들자, 도승은 얼굴색이 변하면서 이성계를 뚫어지게 보더니 "좌군우군(左君右君) 하니 지존지인(至尊支人)이요." 하면서 일어서서 두 손을 합장하며 이성계에게 머리 숙여 예의를 갖추더란다. 물을 문(問) 자를 거울에 비춰보면 임금 군(君) 자 두 개가 되며 이성계가 장차 왕이 된다는 것이다. 거기서 그 도승이 해석하니 좌군우군이 나왔다고 한다.

이성계는 일단 그 자리를 나와서 곰곰이 생각하다가, 다리 밑에 거지 떼 소굴에 가서 풍채 좋은 거지 한 놈을 골라 목욕을 시키고 좋은 옷을 입혀 스님 앞에 가서 물을 문 자를 집으라고 단단히 시켰다.

그리고 그 거지가 스님 앞에 가서 물을 문(問)자를 집어 드는 순간, 스님은 거지를 힐끗 쳐다보더니 "문전구치(門前口置)하니 구걸지인(求乞支人)이로다(이 집 저 집 대문 앞에 가서 구걸로 입을 채우는 거지 직업이구나)." 하더란다. 이 도승이 바로 지금 서울 도읍지를 이성계 왕에게 건의한 무학대사였던 것이다. 그 후 무학대사는 이성계 조정에 없어서는 안 될 이

너 서클 핵심 멤버가 되었다.

지금 서울은 일제 강점기를 거치고 6·25 동족 말살과 군부 쿠데타로 수난에 수난을 겪다가, 문민정부 이후로 IMF 환란과 대연각호텔 화재, 삼풍백화점 붕괴, 성수대교 붕괴, 메르스 파동 등 다양한 사건을 겪었다. 그리고 수없이 많은 천재, 인재, 화마 사건들이 지금 이 시간에도 꼬리에 꼬리를 물고 일어나고 있다.

국민 여러분! 이제 서울을 아름다운 옛 수도로 남겨두고, 대통령궁과 국회의사당을 충북 청남대로 옮겨서 후손들에게 새 역사, 새 희망을 물려주자!

미국 20대 대통령이었던 제임스 가필드(James A. Garfield)는 가난한 농부의 아들로 태어나 홀어머니 밑에서 자라며 막노동을 했다. 17세 때는 농장의 일꾼으로 일하면서 주인집 딸과 사랑을 하게 되었는데, 농장주인의 거친 반대로 결국 그 농장에서 쫓겨났다.

그로부터 35년 뒤에 농장주인이 어느 날 제임스가 기거하던 위층 다락방을 정리하다가 짐 속에서 제임스 가필드라는 이름을 보고 나서, 자기가 35년 전에 몽둥이 들고 쫓아냈던 그 청년이 미국 대통령이 되었다는 사실을 알았다고 한다.

아버지 농장주는 지위와 돈으로 사람을 봤지만, 그의 딸은 이미 35년 전에 큰 재목을 보는 안목이 있었던 것이다.

후손 행복을 안겨줄 의인은 번쩍번쩍하는 대졸, 금수저가 아니라는 것을 우리 국민은 가슴 깊이 인지하기 바란다.

활짝 피었다가 시들었을 때야 그 존재감이 생기는 것이 꽃이다. 나, 청송 나무꾼 윤태경은 후손 세대들의 태평성대를 위해 존재감 있는, 시드는 꽃이 되고 싶다.

이 책 속에 수록된 내용 99.99%는 초등학교 교육밖에 못받은 나의 생각이며, 나의 철학이며, 나의 사상과 사고임을 밝힌다.

국민 모두에게 오래오래 여운이 남을 감동적인 글로 보답하지 못하고, 기초도 없는 이론과 논리, 정연하지 못한 하찮은 지식의 한계를 부끄럽고 안타깝게 생각하며, 이 글을 마무리할까 합니다.

부족한 글 읽어줘서 감사합니다.

후원계좌: 신한은행 110-353-341943으로.

나와 연락이 꼭 필요한 분은, 이메일: psc5005@naver.com

- 끝 -

새 대통령

펴 낸 날   2017년 2월 24일

지 은 이   윤태경
펴 낸 이   최지숙
편집주간   이기성
편집팀장   이윤숙
기획편집   장일규, 윤일란, 허나리
표지디자인   장일규
책임마케팅   하철민
펴 낸 곳   도서출판 생각나눔
출판등록   제 2008-000008호
주   소   서울 마포구 동교로 18길 41, 한경빌딩 2층
전   화   02-325-5100
팩   스   02-325-5101
홈페이지   www.생각나눔.kr
이 메 일   bookmain@think-book.com

- 책값은 표지 뒷면에 표기되어 있습니다.
  ISBN 978-89-6489-688-4 03810
- 이 도서의 국립중앙도서관 출판 시 도서목록(CIP)은 서지정보유통지원시스템 홈페이지
  (http://seoji.nl.go.kr)와 국가자료공동목록시스템(http://www.nl.go.kr/kolisnet)에서
  이용하실 수 있습니다(CIP제어번호: CIP2017004297).